U0017970

晴空

晴空

晴空

晴空

縷紅新草
【暗夜的訪客】
下
原惡哉——著
柳宮燐——繪

Contents

第1篇

永生人魚肉

「所以你想飼養秦始皇，是因為他不算是活人嗎？」

「並非全是為了這個原因，

　嬴政跟我父親一樣缺乏正常情感，

　拜父親所賜，我的一切都被奪走了。

　因此，我要他代替父親全數連本帶利償還給我……

　要他代替父親，愛我。」

楔子

凡是事業有成的人都必須抓住時機。

過去秦穆公時代雖然強盛，但未能完成統一大業，原因是時機還不成熟。自秦孝公以來，周朝君主徹底衰落，各諸侯國之間連年戰爭，秦國乘機強大。現在秦國正值鼎盛，王睿智賢德，消滅六國如同掃除灶上的灰塵般容易，如今是完成帝業統一天下的大好時機，千萬不能錯過。

那名年輕男子趁著四下無人之際擋住他的去路，大言不慚地說著這些話，走廊上的燈火昏暗，清冷的空氣飄散著烈火燃燒的氣味，那名男子單薄的身影在燈火閃爍下，微微映照出那雙靜謐卻搖曳狂氣的眼眸，鮮明得讓人無法忽視。

十三歲就即位的嬴政記得這名青年，他是仲

父[1]呂不韋頗為重用的小官，叫李斯。

兩人偶然在宮廷的走廊上相遇，李斯明白這個時候通常沒有什麼人會經過這裡，便大膽地向年紀尚輕的嬴政提出看法。

這名青年隱約察覺到嬴政身為一名統治者的冷酷本色與謹慎心思，而嬴政也看出李斯想要有一番作為的野心，少年與青年在那個時候決定了東方世界的命運。

嬴政三十九歲那年統一六國建立秦朝，並居高臨下地自稱為始皇帝。站在他身旁的是地位一人之下萬人之上的李斯，這名身形過於單薄的消瘦男人得到距離皇帝最近的位置。

儘管對他人都保持猜疑與隔閡，嬴政卻完全信任李斯。

李斯雖然有家室，但妻子為他生下兒女後突然病死撒手人寰，嬴政以「你身為丞相諸事繁忙一定很不方便照顧孩子，來曲台宮吧，我請宮裡的女官代為照料」為由，

注釋

1｜仲父：中國君主對重臣的尊稱，歷史上有名的仲父除了呂不韋以外，還有才華洋溢但為人小氣的管仲。

讓李斯搬進他的宮殿。

上至巡視疆土觀看千里山河、下至前往宜春宮欣賞花苑這等小事，嬴政都要李斯陪著。

某日李斯的同窗好友韓非[2]因故來秦國辦事，無意間看見嬴政與李斯兩人並肩走在廊上，韓非先前聽說高高在上的嬴政非常忌諱有人與他齊肩同行，想不到這名渾身充滿壓迫感的皇帝居然毫不在意讓李斯走在身旁，接著，韓非親眼目睹嬴政是用何種目光看待身旁那名消瘦單薄的男性，他不禁感到一陣毛骨悚然。

是夜韓非要離開秦國時語重心長地告訴李斯：「許多人說伴君如伴虎，這話用在嬴政身上一點也不假，我明白他無論如何也不會傷害你，但……嬴政似乎對你懷抱某種特殊的情感，只怕這樣的情感總有一天會將你推入萬劫不復的深淵。」

聽到好友這番話的李斯沉默良久，把韓非送離秦國後，他隔天便用「臣下身體不適恐會影響聖上龍體」這個藉口攜家帶眷離開曲台宮。嬴政心知李斯會有這樣的舉動是受誰影響，他使了一些手段讓韓非來秦國之後，派人送了一封信給李斯，上頭簡單寫著他請韓非來曲台宮作客幾天，丞相如果方便就來這裡敘敘舊吧。李斯明白要是他不過去，韓非可能會被嬴政滅口，他清楚嬴政寡恩寡德的性子，請僕役妥善打理孩子們的生活後，他再度踏進曲台宮。

在那之後，李斯再也沒離開嬴政的視線，但韓非終究是死於牢獄中，可以說，嬴政從一開始就沒有打算讓他活著離開秦國。

以宏觀的角度而言，嬴政一直是理性凌駕在感情之上的人，在他二十二歲舉行冠禮[3]那年，生母趙姬與假宦官嫪毒私通並聯手對付他，嬴政毫不容情地車裂嫪毒與他的親族，並幽禁生母趙姬。趙姬儘管是親生母親，但因為她心傾於嫪毒，經常與親生子作對，對當時年紀尚輕的嬴政來說，母親的所作所為無疑是一種背叛。

把嫪毒處刑後，嬴政將母親幽禁在雍城裡不想再看到她，凡是為太后趙姬求情的

注釋——

2—韓非：戰國末期的法學思想家，和李斯同為儒家大師荀子的學生。

3—冠禮：又稱元服，所謂的成年禮。通常男子二十歲就要進行冠禮儀式，但嬴政卻拖到二十二歲，一般歷史學家推測是嬴政還未進行冠禮之前，太后與嫪毒可以代為執政，但只要嬴政冠禮後就能親自管理政務，因此太后或者勢力龐大的呂不韋才會讓成年禮一年拖過一年。

人皆被嬴政所殺，一直到有人提出「軟禁生母有違孝道，此舉恐怕難使天下人信服，對統一天下大業相當不利」，嬴政意識到目前的局勢違背他的初衷——統一天下這個目的，因此將太后趙姬接回咸陽並修復母子關係。

他對母親沒有恨意嗎？

凡是得罪且對他無益的人都死到不能再死了，明明已經決定從此不再看到母親那張臉，結果還是將她安排在自己能見到的地方，這一切全是為了統一六國不得不為的決定。

由於「統一」是嬴政人生中最重要的願望，只要能達到這個目標，忤逆他的人只要擁有才華、可以被他所用，都能得到嬴政的賞識，唯獨對待韓非他特別心狠手辣，這或許是嬴政理性思維裡難得的瑕疵。

嬴政對長生不老這事很感興趣，秦始皇三十七年，方士[4]徐福為他取來能使人不老不死的物品，究竟嬴政是否有服用不得而知，司馬遷在《史記》上記載秦王政三十七年祖龍[5]駕崩，他的寵臣李斯遭人陷害，在咸陽受到車裂之刑。

西元前兩百年至今漫長歲月，西安驪山[6]深埋在地下五十公尺的迷宮盡頭，囚禁著最初皇帝的靈柩正不斷發出絕望的悲鳴，長明燈[7]朦朧微弱的光暈，黑暗深處醞釀千年孤寂，這座地底陵墓至今仍低聲呼喚著那個人名……

注釋——

4—方士：操弄術法的人，以煉丹、養氣等等達到飛昇成仙的目的。秦始皇時代命令方士創造仙丹，還陰錯陽差的發明火藥。

5—祖龍：司馬遷所寫的《史記》曾用這個名詞稱呼秦始皇，意謂「最初的人君」。

6—秦始皇陵墓建造在中國西安的驪山。

7—長明燈：傳說中可以長久不滅的燈火，《史記》裡記載秦始皇陵墓的長明燈是用人魚的油脂所做。

Episode 1

無盡抱擁・上

手上戴著黑灰相間的矩形腕錶，考慮到室外的氣溫偏低，他從衣櫃裡拿出羊毛製的深色西裝，打理好外觀後，奏星純來到停放汽機車的地下室，關於交通工具這問題他想了很久，由於等等要深入敵營，具有防彈效果的 BMW X5 Security Plus 怎麼說都是首選，他在先前親身領教過這台車的性能有多優秀，並在上個禮拜透過各種關係將這台防彈車妥善停在車庫，正式成為他的收藏之一。但想到今天要去的地方是位在繁華市區的一家六星級飯店，該飯店的停車場在地下室，若真有什麼萬一引發衝突，強大火力攻擊下管他的車子有沒有防彈性能都派不上用場，畢竟那個時候根本沒機會讓他悠哉地去地下室開車。

基於這點，奏星純最後索性招了一台計程車

前去赴約。

在此不得不稍微提一下他與非法集團的愛恨糾葛（無誤）。

起因是國際刑警為了追查從中國廣東走私到世界各地的「奶粉」，委託奏星純調查它們的走向。附帶說明，「奶粉」是指放在人工羊水裡的嬰兒，由於容器大小和奶粉罐相似，所以用「奶粉」代稱。而奏星純的專長就是調查行蹤、解決遺產糾紛、各種不明死因、法律顧問、旅遊規劃、駭入公家機關蒐集情報等等族繁不及備載，業務包山包海包羅萬象，效率好達成率高，因此國際刑警便找上門請他協助。

也因為奏星純介入警方與非法組織之間暗潮洶湧的對峙，使得他也被非法組織列為不擇手段也要剷除的對象之一。

這個非法集團和一般的流氓黑道不同，規模龐大、行事作風隱密，組織成員都會戴上紫底黑紋的銜尾蛇[1]別針，被國際刑警稱為「圓環社」。

注釋——

1　銜尾蛇：UROBOROS，銜尾蛇的模樣是一隻蛇環繞一圈後咬住自身的尾巴形成一個圓環，代表「自我吞食」、「新生與死亡的交替」、「無盡」等等。

組織最高領導人據聞是一名樣貌斯文冷峻、留著一頭黑色長髮的青年。暱稱是太爺，中國古代小說稱呼名門大家族的男主人偶爾會用上「太爺」這個名詞，奏星純推測這位太爺應該出身高貴，因為紫色與黑色是歷代各朝皇室專用的顏色。

但這些都只是從旁推敲。

除了圓環社的高級幹部，其他看過太爺真面目的人，墳上的草都已經長得跟路燈一樣高了。

這次奏星純會面的對象便是極具神祕感的太爺，有鑑於「看過太爺長相的人都去仙山賣豆干越賺越有錢」這個傳說，和奏星純一起經營星塵偵探社的初塵在昨晚在答錄機留言給他：我知道現在跟你說什麼「不要去」、「一個不小心你可能要過七天才能回家」之類的話都太晚了，我就一句話，保險和遺囑先準備好，記得受益人寫皇太后的名字。對了，如果你活著回來，我就把不對外公開的戀愛四十八招傳授給你，保證讓你今年脫離單身王老五的行列。

皇太后指的是奏星純的母親，特技就是連續三小時講同一件事，例如奏星純究竟要何時結婚、何時度蜜月，是個高深莫測的女性。

奏星純抵達飯店後，搭乘電梯來到一樓大廳，將太爺交給他的卡片給櫃檯小姐後，沒有讓奏星純等太久，飯店經理恭敬地帶他到 Penthouse Sky Lounge（頂層天空酒吧），一進去就可以看到兩百七十度的落地玻璃窗，可一覽無遺外頭城市景色，除此之外還可以觀看師傅在開放式廚房展現料理手藝，奏星純在三年前來這裡用過一次餐，是 à la chef（無菜單，依廚師設計當天料理）。

這個時候應該座無虛席的 Penthouse Sky Lounge 此時非常空蕩，只有一名男性坐在靠窗的位子上隻手撐著頭看書，奏星純遠遠就見到那名男性，面貌俊美並帶了幾分不寒而慄的淡漠氣息，過長的黑色頭髮綁成馬尾，很講究地用紫色棉繩綁紮，身上穿著亞曼尼的男裝展現不凡品味，外觀上賞心悅目還流露著上流人士的自信，但隱約透露的灰暗陰霾表明了他是名危險人物。

說來容貌冷峻的人奏星純見過不少，例如辛紅縷以及殺害過許多人的隔壁鄰居，前者過於理性因此時常流露不近人情的氛圍，後者天生就是個變態，即使有張不錯看的臉時不時保持淺淺的微笑，終究令人覺得這傢伙只是披著人皮的怪物。

至於眼前他要交手的這名男性也是，外表相貌堂堂且玉樹臨風，只是掩藏在這樣華麗的外皮下卻是一個販賣嬰兒罐頭的冷血商人，商人這兩個字已相當客氣，比較粗俗一點的講法大概是垃圾及敗類。

「奏先生，非常感謝你依約前來。」那名男子，也就是太爺，看到奏星純的身影，不疾不徐地把書本闔上，奏星純眼明手快的捕捉到書名，真是嚇人，是三島由紀夫的《禁色》，這個作品發表時日本的民風還相當保守，但這本小說卻毫不保留地寫出同性之間的戀愛，非常大膽。他記得裡面有這麼一句話，「感覺遲鈍中體會到敏銳感官的顫抖，亂倫時體會瀕臨淪喪的道德倫理」，即使是現今，依舊能感受到這個句子的張力與叛逆。

不過沒想到太爺是個會看文學作品的人，可奏星純很快便認為這是自己先入為主的觀念，他那位殺人如麻的隔壁鄰居也是個文青，過去曾經和奏星純偶然在圖書館相遇，意外展開了奇妙的話題——

鄰居：「我最近對夏目漱石的作品特別有感觸，睡前總要看幾本他寫的書才能心甘情願地躺下。」

奏星純：「像是？」

鄰居：「像是夏目漱石所寫的《心》，裡面有句話這麼說：我感覺到人類這東西真是脆弱，生下來便帶著無可奈何的脆弱，不堪一擊。星純你不認為這是人最好的寫照嗎？」

一點也不認為。那個時候，奏星純沒有把自己的想法告訴他，沒多久這傢伙便因為殺人事件關進監獄裡了。所以知識學問不足以評論一個人的品性好壞，他見過太多沒有道德倫理的知識分子，例如眼前這一位。

「很不錯的談話空間。」奏星純坐了下來，立即就有一位服務生禮貌地詢問他要喝什麼，平常時候他會點杯馬丁尼或教父，眾所皆知他是個無酒不歡的人，但今天出奇地點了Fortnum & Mason的伯爵茶，奏星純好幾次去縷紅新草古董店都能聞到伯爵茶的香氣，可惜的是他一次也沒品嘗。這回不知為何特別想點一杯茶好好讓自己清醒清醒，畢竟眼前的太爺不同於辛紅縷，不會因為他長得好看就放他一馬。

「放心吧，今天除了說些話以外什麼事都不會發生。」太爺看得出奏星純很謹慎，不以為意地笑了笑。

「很難說，你養的狗特別護主心切。」

「我為之前你去英國倫敦旅行時，下屬對你的不敬感到抱歉。」

「那些人後來怎麼了？」酒吧送來伯爵茶，溫度沖泡得剛剛好，茶香四溢，奏星純喝了一口，有些分神地想著此時此刻八成坐在沙發上好整以暇度過下午茶時光的辛紅縷。

「回崗位上做分內事，奏先生該不會以為我會處理那些對你失禮的人吧？我討厭浪費資源，再者培養自己能夠信任的人不是這麼容易，只有昏庸的人才會因為一點小事就大發雷霆。」太爺輕聲說著，這番話再次讓奏星純稍稍改觀，沒想到這男人還算通情達理，就這點來說太爺比他的同齡鄰居還出色許多，他那位文青鄰居過去曾殺害一位路過的少婦，只因為她的香水噴太濃。

「……」奏星純將茶杯放下，直接開門見山說著：「我想今天的晤面應該不是單純的寒暄，你想在我身上得到什麼資訊或打聽什麼情報？」

「我知道你和刑警有合作，敬你是個人才我可以坦白告訴你，與我方交易購買那些罐頭的人之中有幾位是國際重要人物，奏先生若繼續追查下去，對你的生命安全可是相當不樂觀，勸你就此收手。」

國際重要人物這事奏星純先前有設想過，沒道理從廣東走私大量嬰兒罐頭竟無人發現，那些出口的貨櫃大搖大擺放在港口，有關當局與單位不去關切也就算了，進口到世界各地去也沒看過有哪個地方大力搜查，就連國際刑警也多次透露這次追查圓環社受到多方阻礙。現在想想，他至今沒被購買「奶粉」的權貴高幹暗中殺害，不知是運氣太好還是存在感太薄弱沒被發現……嗯，想必不是因為後面這個理由。可以確定的是，如果他繼續深入下去，就算太爺不葬了他，也會有高官不著痕跡地請人來滅口。

「我活著或死了大概都無法影響你，即使如此仍大費周章地特地約我來這裡告知這件事，你到底有何目的？」奏星純小心翼翼地回應，再說一次此人不同於辛紅縷，絕對不會因為他長得好看就手下留情，他相信太爺這人重守信諾，不會在今天要他死無葬身之地，但「改天」就很難說了。

「理由我剛剛便透露了，純粹是珍惜你的才能，何況你死了我這邊也很難辦事。」太爺淡淡說著。

這麼聽來，莫非這男人有什麼事必須靠他完成嗎？奏星純瞬間瞇起雙眼，這個男人面不改色地將嬰兒當作商品販賣，並藉此與各國大人物打好人脈關係，就連國際刑警也拿他沒辦法，幾乎可以呼風喚雨的太爺，沒道理有求於人，奏星純沉吟了幾秒冷靜開口：「俗話說見面三分情，你想要我做什麼？」

太爺輕聲笑了，那雙陰暗冷酷的眼眸一點也沒掩飾地表達出「奏先生非常聰明，老實說要不是你太有才，再者我也需要你，否則根本不會讓你活到現在」這麼狡詰的思維。

「奏先生知道什麼是蠻蠻嗎？」太爺問著。

「是中國傳說生物比翼鳥，蠻蠻是牠的別名，在《山海經》與《詩經爾雅》等典籍裡有記載，這種鳥有兩個頭、一雙眼睛、一對翅膀，必須互相配合才有辦法飛行。」

「不愧是奏先生，我從五年前便開始尋找這種鳥，幾乎快把地表翻了一遍都沒有下落。母親曾親眼看過這種鳥在彩虹的雲端上飛過，無論如何我都想讓她再看一次。」太爺的臉上沒有什麼情緒起伏，僅僅是用平常的音調說完這番話，但奏星純明白這男人的母親可能已經不在人世了，如果還活著，他的表情應該會比現在還更加沮喪。

「肯定是你沒把地表翻得太徹底。」奏星純望向窗外，一片陰鬱的午後，城市街景像是蒙上一層濃濃的霧氣，黯淡無光失去色彩，明明出門前還是一望無際的好天氣。「我的友人認識一家舶來品店，據說裡面專門賣一些稀奇古怪的生物，例如獨角獸或者獅鷲之類的。不確定這家店是否有鸞鸞，我這幾天打聽看看。」

知道奏星純並不是開玩笑，太爺沉默良久後緩緩說著：「若有任何消息請奏先生跟我聯絡，作為交換，你的問題我都會毫無保留地回答。」

所有問題都毫無保留地回答嗎……沒想到太爺居然可以做到這種地步。奏星純的心裡閃過一絲詫異。確實目前怎麼看都是他擁有優勢，太爺需要獲得一隻奇珍異獸，而他掌握了這個門路，如果趁機向太爺打聽一些事情，就算對方再怎麼不願意，應該也會照實回覆。

但是很遺憾他奏星純從來就不是這麼投機取巧的人，儘管他是個眼光獨到的投資客，可同時也是個重信譽和名譽的偵探，在還沒有確定那間舶來品店是否有鸞鸞之前，他不會在太爺身上占任何便宜。

「今天就先這樣吧，我會幫你找尋鸞鸞的下落，至於之後要怎麼禮尚往來，等這樁委託有結果後再說。」奏星純站了起來，算算他和太爺的面談不到半小時，比他原先預期的時間還短，起初以為這次晤面會暗潮洶湧到讓人腎上腺素瞬間提高，想不到過程一整個就是LOVE & PEACE，尤其太爺姿態優雅氣質出眾，兩人待在瑰麗奢華的天空酒吧享用下午茶，就像出身良好的貴公子閒閒沒事做，約在沙龍裡很悠哉地談起風花雪月的無聊事。

和太爺道別後，奏星純才剛踏出飯店辛紅縷就打來一通電話，他甫按下通話鍵，就聽到青年頗為急切的聲音——

「純君方便的話，現在來敝店一趟如何？」

「我知道了，十五分鐘後到。」雖然不清楚辛紅縷有什麼要事，但奏星純正巧也要向他打聽舶來品店，便迅速招來一台計程車前往繁華的商業區。

❖ ❖ ❖

一踏進縷紅新草古董店，就看到辛紅縷坐在大廳的沙發上，那張總是傲慢且帶著些許冷淡的臉龐，如今有了不同以往的表情。

陰鬱。

儘管外表還是維持一貫的冷靜，但奏星純感覺得出辛紅縷的煩悶。

同樣待在大廳的銀蓮花正說著電話很積極地確認一些事宜，即使是之前的安德華拉諾特事件，妹子仍保持鎮定的姿態，可這次明顯手足無措起來……這讓奏星純更好奇辛紅縷究竟遇上什麼難題？

「怎麼了？」奏星純坐在辛紅縷對面，看到青年前方那杯紅茶還是滿的，想也知道辛紅縷八成是鬱悶到連茶也沒有喝。

「三年前某個國際企業贊助考古團隊開掘驪山秦始皇陵墓的資金，今天早上接到可靠的消息，說是始皇帝的棺槨已經找到了。」辛紅縷淡淡說著。

「真沒想到……」奏星純訝異地嘆了一口氣，「我還以為秦始皇陵墓已經停止挖掘了，之前的技術水準無法保護古文物，使得兵馬俑身上的彩繪快速脫落，莫非現在已經有能力可以維持古物的完整性了嗎？」

「確實有這樣的技術，但重點不在於陪葬的文物或兵馬俑身上，而是秦始皇的棺槨已經被發現並送往相關研究所裡了。」辛紅縷望著大片花窗玻璃，平常冷靜的神情現在有了細微的變化，「西元一九六二年考古團隊勘察秦始皇陵墓周遭，一九七四年兵馬俑出土，從那個時候開始，始皇帝的真面目成為世人與考古學家的焦點，這次挖掘秦始皇的棺木，無非是想滿足所有人對這名千古皇帝的期待與遐想。曾經屹立在萬人之上的獨裁者落到這般下場真是不勝唏噓，只是，驚擾死者安寧的人不論本意出於良善或者邪惡，都會遭受到無以復加的苦痛折磨，因此千萬不能打開秦始皇的棺木，這無疑是放出囚禁已久的怪物。若事態演變至此，恐怕是我也難以收拾。」

「囚禁以久的怪物？」奏星純皺了皺眉，「這是怎麼一回事？」

「現在已經沒有多餘的時間和純君多談，一定要阻止研究所打開秦始皇的棺木，然後把棺木送來敝店。這等東西無法出現在世人面前，我會將棺木放置在安全的場所，任誰也無法搜尋到棺木的所在處。」奏星純神色嚴肅地說著：「純君能否接下這個委託？」

沒想到星塵偵探社營運至今，千奇百怪的委託裡也出現盜屍這一樁，盜屍其實有許多法子可以神不知鬼不覺偷雞摸狗地拐走，比起盜屍，最麻煩的就是跨國越洋運送屍體，這簡直是偷渡，不，這就是偷渡。奏星純暗自嘆了一口氣。跨海運送一具死了兩千年以上的屍體這已經超出一般偵探社的業務範圍了，國際刑警跟他的關係再怎麼好也無法默不吭聲地讓他運送棺木出海，況且那棺木還裝著秦始皇。

開業這麼久以來，星塵偵探社拒絕的委託只有八點檔婚外情、私生子、遺產調查、尋找走丟的小狗小貓這些破事，從以前到現在，還沒有什麼艱難的委託讓他猶豫是否要承接，這樁辛紅縷的任務或許是第一個讓他如此遲疑不決的委託——這當然是開玩笑的，想也知道怎麼可能會不接，阻止研究所開棺和偷渡秦始皇的棺木光想就覺得刺激，實在太有挑戰，奏星純滿腦子已經開始列出許多方案和計劃。

辛紅縷方才提到考古團隊是受到某個國際企業的贊助才得以挖掘秦始皇的陵墓，如果要阻撓研究所開棺驗屍（無誤），可以先從國際企業這個方向下手。

西元一九七二年中國湖南馬王堆出土了一具女屍，是西漢長沙國[2]丞相的妻子辛追，這名女性身亡時間大約是西元前一百八十六年，歷經千年時間流逝，被考古學家

注釋——

2—長沙國：西漢時期實施行政區劃的分封制度，因此雖然名為長沙國，但仍屬於西漢的範圍內。長沙國位在現今的湖南。

發現時，她仍維持相當程度的完整，被稱為世上前所未見的不腐濕屍[3]。出土之後的四十七年裡，為了研究辛追不腐的祕密與如何繼續保存她的身體，投注大量的金錢與人力，由於屍體的細胞結構在研究團隊開棺時就發生變化，骨頭的鈣離子迅速流失與蛋白質降解這些問題相繼發生，維持屍體的完整成為研究團隊最棘手的難關。不過對贊助企業來說，真正的難關是研究開銷，那都是年年看不到盡頭的花費。

倘若贊助企業有金融危機，考古團隊的行動勢必會受到延遲，這麼一來棺木會停放在研究所裡，不是被其他財力更雄厚的考古團隊接手，就是放置到資金沒問題為止。只要能空出一個禮拜的時間，他就能透過自己的人脈憑空捏造一個經費無虞的考古團隊得到秦始皇的棺木，接著，就是送出海的問題。

讓國際企業資金出現漏洞這種事交給初塵處理綽綽有餘，怎麼送出海是目前最大的考驗。想了想，奏星純突然轉移話題問道：「你知道哪裡有鑾鑾嗎？」

「……」辛紅縷知道奏星純的性子，他若是決定不接委託，會清楚拒絕而不是無故岔開話題，儘管問了一個不相關的事，辛紅縷還是平靜地回應，「一蓮托生[4]，一家舶來品的名稱，可以用金錢與店主交易，若是無法支付費用，也接受靈魂典當。」

「用靈魂典當？」雖然奏星純之前就領教縷紅新草古董店能以生命還有青春當作籌碼交易，可想不到居然還有靈魂典當這種事。但時間有限，即使他想聽到更多關於一蓮托生舶來品店的情報，辛紅縷的心情大概不會太愉快，因此奏星純當下就丟出重點了，「把秦始皇的棺木送出海外的條件是蠻蠻，我需要牠。」

知道奏星純絕不會無憑無據提出這個要求，辛紅縷沉思幾秒後淡淡說著：「純君能否給我兩天的時間？」

「你親自出馬嗎？」奏星純笑了笑。

「即使純君能言善道，一蓮托生相較於敝店可不是個好說話的地方。」辛紅縷喝著涼掉的紅茶，雖然外表上無法輕易察覺，但仍可以從語氣中感覺到他的心情很差。

「瞭解，但你親自出馬也要花上兩天，看來對方是個棘手的人。」

注釋——

3—當初辛追夫人的棺木裡裝滿抑止酵素發生作用的液體，除此之外還添加了一些中藥，但液體主要成分目前尚未解析出來。由於屍體是浸泡在液體中，因此歸類為濕屍，若是放置在乾燥的環境裡，則是乾屍。

4—一蓮托生：佛教用語，指的是人死後在極樂世界裡於同一朵蓮花上投胎轉世。

辛紅縷露出一絲苦笑，「沒有比得到秦始皇的棺木更棘手。」

「放心吧紅縷，無論用什麼方法，我都會把秦始皇的棺木運送到這裡。」奏星純知道辛紅縷擔憂秦始皇的事，儘管青年的性格冷淡且寡情，對社會及國際大小事漠不關心，但如果生活周圍發生劇烈變故，他也不至於無動於衷冷眼旁觀一切變化。

時間並不充裕，奏星純和辛紅縷交代幾件事之後便迅速回到星塵偵探社處理縷紅新草古董店的委託，他優秀的合夥人兼事業夥伴初塵，一聽說這次不止要從研究所偷出秦始皇的棺木、還要把屍體運出海，一整個頭痛到想跟奏星純拆夥……

「馬的，幹完這票我就要跟你切八段！」初塵揉了揉隱隱作疼的太陽穴，奏星純這傢伙居然要他駭入某個國際企業的金融資料裡造成財務危機，雖然是假性財務漏洞，但對規模龐大的企業來說，駭客小小的惡作劇都會造成企業動盪。說實在話，修改金融資料對初塵來說頗具考驗，考驗的地方不在於技術，而是良心問題……雖然是個頂尖駭客，但初塵也有道德原則，儘管道德原則面對奏星純躍躍欲試的委託根本沒有半點用，唉！

即將駭入的目標是一間綜合公司，業務橫跨電子產品、影視娛樂、金融等等項目，總資產超過上千億美元，今年被美國《財富》雜誌評選為世界百大企業之一，要一個人單槍匹馬修改金融資料相當困難，所幸初塵在學生時代便結識一群熱衷研究網路系統的人，對外聲稱是「硬體探索和軟體更改」，但實際作為就是不打聲招呼直接駭進對方的電腦裡竊取資料。初塵與這些人的共識是不破壞國際和平、維護個人尊嚴道德、謹守善良風俗等等，當然，面對奏星純接下的委託，尊嚴道德、善良風俗這些都是屁。

「會接下這樁委託是因為紅縷相當不願意秦始皇的棺木被打開，我想棺木裡面的東西別有隱情，但這方面紅縷沒時間跟我解釋，我們現在首要目的就是阻止研究人員開棺，你負責操控企業金融資料，我負責招集人馬組成臨時研究團隊。」奏星純邊說邊發送電子郵件給一些和他關係良好的考古學家，在江湖走跳最重要的就是人脈和路子，所幸他這人的交際手腕還算堪用，這幾年下來認識不少各領域的能人異士。

「要不是因為你已經接了委託，不然這種跟良心過意不去的事我一點也不想做。」初塵嘆了一口氣，還是忍不住抱怨了幾句，「這家什麼壞事都沒做的企業很無辜耶，莫名其妙就有財務危機，就算是假性金融漏洞也夠他們忙得雞飛狗跳了。」

奏星純辯解道：「紅縷不會隨便委託，他這麼慎重，秦始皇的棺木肯定藏有什麼天災人禍的祕密。」

「少來，你這人只要遇到極具挑戰的事就會忘了道德操守，我還不夠瞭解你嗎？」初塵心不甘情不願地和交好的同行（硬體探索和軟體更改這個範疇的同行）聯繫上，一方面討論這家企業的金融資料要怎麼入侵修改，一方面向奏星純再次申明自己也是個有道德底線的人，「先說好，老子只給你三天的時間，三天一到管你屍體有沒有到手我都會恢復金融資料。」

「三天應該綽綽有餘，這事也沒辦法拖太久，不過你千萬不能在這家企業的網路上留下任何蛛絲馬跡，若被企業查到是我們入侵金融資料，咱們兩人往後的日子不會太好過。」奏星純信任初塵的能力，他的合夥人是奏星純目前見過最頂尖的駭、嗯，最頂尖的硬體探索和軟體更改的行家，說駭客實在太難聽，儘管初塵做的就是駭客經常在幹的事。

「哥認真起來才沒有那麼不小心。」初塵沒好氣地回應。之前入侵政府中央監控系統會故意留下蹤跡，在於中央系統好歹是刑警的地盤，星塵偵探社在警方與國際刑警這邊都維持「難以一言以蔽之」的情誼，會用上難以一言以蔽之在於警方與國際刑警三不五時就會帶麻煩的委託上門，例如協助他們偵查微妙的懸案、調查毒品來源、深入黑手黨蒐集情報等等，淨是些吃力不討好的工作。

星塵偵探社也不是專門吃素，奏星純所接的委託十之八九都需要入侵中央系統，第一次入侵時初塵格外小心翼翼不留下半點蹤跡，搞得警方跑來星塵偵探社請求奏星純幫他們調查到底是誰駭進中央系統……初塵到現在還記得當警方從奏星純的口中聽到「欸，不瞞你說，駭進系統的人就是我們」這句話時，表情有多囧。

從此每當初塵要去中央系統繞繞時，都會故意留下訊息讓警方知道駭進系統的人是他，省得警方還要跑來星塵偵探社委託調查駭客的身分。

為此，平時有在往來的刑警曾有次無奈說出：「很多時候我還真想查封這裡。」

奏星純和初塵聽到也只能露出尷尬的微笑。

在奏星純和初塵超高的效率下，這家國際綜合企業的財務出了巨大問題，必須暫緩一些次要的計劃，例如秦始皇的開棺驗屍，主要在於棺木打開之後得付出龐大的金錢人力進行維護與修復工作，那都是一筆不小的數目，而且得長年支出。

接著奏星純臨時組成的研究團隊「似乎」耳聞這家企業財務有困難，透過內線接應，表達想接手秦始皇開棺的意願，倘若企業財務恢復正常運作，屆時可以變成雙方共同研究，減低龐大的財力供給。

正忙著調查財務缺失的企業其實沒有多餘的心力去周旋秦始皇的事，儘管棺木已經從驪山的地下陵墓運送到研究所，目前使用無菌層流技術[5]保護秦始皇的棺木，就算放置十年也不會發生太大的問題，但有關當局與參與秦始皇陵墓計劃的人都等著觀看始皇帝的真面目，開棺驗屍這件事不能因為企業財務問題而停擺。

企業緊急開會討論後，決定將現階段的研究任務交由奏星純的團隊，也就是說，秦始皇的棺木確確實實落入奏星純的手中。

伴隨這樣突破性發展，辛紅縷那邊也已準備好蠻蠻等著奏星純發落，事情的進展比奏星純預估的還要快，一切都順利進行中，接下來就是將棺木偷渡送出海，這方面，奏星純也有了特別的規劃。

能夠避過國際刑警的耳目，又對偷渡這種事相當上手，他所認識的人裡就有這麼一位專家，圓環社的太爺——

「你是說，把棺木運送到商業區的古董店裡，是嗎？」那天和奏星純晤面後就回國的太爺正在私人碼頭，這個碼頭是他進行走私與祕密交易的地方，只有圓環社高位階的成員才知道碼頭的所在地。「不過在這之前，有件事你必須回答我，那具棺木裡面究竟裝了什麼？我得知道。」

「一具屍體。」隔著偌大的海峽，遠在另一個國家的奏星純一邊用藍牙耳機和太爺溝通，一邊在電腦上處理臨時研究團隊的後續與安全。儘管國際企業在初塵的操弄下目前仍有財務危機，但這段時間奏星純的工作就是讓這個臨時研究團隊能毫無隱憂地全身而退，不然企業的財務危機解除後發現秦始皇的棺木不翼而飛，這將是驚動國際考古學界的大事。

儘管奏星純從始至終都沒有將企業未來要如何面對大眾這個問題放在心上，如果他有考慮到企業的立場，一開始他就不會接下這個委託。

注釋——

5 無菌層流技術：簡單來說就是在空氣循環的情況下達到無菌的效果，通常這種技術用在醫療或高精密工業上，但即使是使用無菌層流技術也無法讓古物（例如秦始皇的棺木）達到永久保存，還必須控制溫度、濕度和光照等等。

辛紅縷曾說過一段話讓奏星純深感認同，驚擾死者安寧的人，不論本意出於良善或者邪惡，都會遭受到無以復加的苦痛折磨。

考古學家秉持著研究過去、連接現在未來這個理念，走訪世界各地歷史上留下的遺跡，更甚者挖掘古代人物長眠的墓穴，藉此探索現今世人無法窺見的遠古祕密。這樣的理念究竟是對是錯，沒有一個界定。但是，當驚擾死者的安眠是為了滿足世人的期待與胃口，全世界的人都等著觀看千年前的始皇帝他的廬山真面目，僅僅是為了這樣的利慾時，研究過去、連接現世與未來的理念便蕩然無存。這也是為何奏星純能不受道德譴責，義無反顧接下這樁委託的原因，儘管挑戰刺激這個因素占了百分之九十九點九九九。

「屍體？」待在碼頭辦公室的太爺看著窗外沉甸甸的漆黑天際，時不時傳來的悶雷聲搖曳著風雨欲來的前奏，大概再過不久就會下起滂沱大雨。「看來奏先生這次接了一個不得了的委託，好吧，我會依照你的安排把棺木送到指定的地方。」

「多謝，事成之後我必定會讓你親眼看到活跳跳的蠻蠻。」

「那就這麼說定了。」結束通話後，太爺才發現玻璃窗上有許多細小的水痕，已經開始下雨了，天際閃爍著紫藍色的雷光，不知為何，心裡生起一股不好的預感。

「貨物到碼頭後立即送出海，告知隨行人員注意安全，務必在指定的時間內將貨物送達。」簡略將命令傳達給身旁的祕書後，太爺倒了一杯威士忌坐在辦公室的單人沙發上，周圍的心腹明白現在是太爺的個人時間，各個默不作聲地離開辦公室，獨留這名年輕的非法組織領導人品酒。

濃烈的威士忌從口中滑入喉嚨，他從未成年之際就習慣如此成熟的味道，如此苦澀的酒味偶爾能勾起遙遠的記憶，像是再過十天就是他母親的忌日，他想帶蠻蠻給母親觀看。

從小他便在母親的口中聽說蠻蠻是種非常美麗的鳥，兩顆頭、一雙眼睛、一對翅膀，如果不互相配合、互相包容就無法在空中飛翔。母親提起蠻蠻時臉上的笑容已經隨著時間流逝漸漸在他的記憶裡模糊，現在已經想不起母親確切的容貌了，他的手邊沒有母親的照片，連睹物思人這麼簡單的事也做不到。

就在這時，辦公室的電話響了，太爺一接聽，話筒裡便傳來屬下意外的消息。

「太爺，貨物有了變數，剛剛送來的無菌層流裝置不知為何發生爆炸，有個東西從裝置裡跑出來，推測應該是個人，但那個東西的速度無比快，已經傷了我方數十名成員，也請太爺指示我們下一步動作。」

圓環社成員不知是否可以對貨物進行攻擊，太爺閉上眼睛迅速思考他該怎麼做，儘管辦公室因為隔音設備太過優良無法聽到外頭的聲音，想必現在碼頭應該一片混亂，所有人都等待他的命令。

「立刻關閉碼頭全部的出口，吩咐醫療部門待命，讓所有人佩帶槍枝與防身工具，並找出那個東西潛伏在何處，目前都先按兵不動，我要親自檢視那個東西究竟是何物。」下達指令後，太爺從辦公室的抽屜裡拿出一把 Pfeifer Zeliska 左輪手槍，這把手槍重達六公斤，儘管威力非常強大卻因為造價昂貴與巨大的後座力使手槍在市面上不普及。這把是他最喜愛的手槍，從十三歲開始，Pfeifer Zeliska 左輪便陪伴他度過許多生死一瞬間的危機。

把槍放在西裝內側後，太爺步出辦公室來到碼頭。

陰暗的天空落下細雨，地面積成一處處的水窪，碼頭的燈光在雨夜裡綻放朦朧的光圈，讓所有人的形影更顯得徬徨幽暗。圓環社眾人看到太爺出現，高位階的成員立即維護在太爺周身，祕書壓低聲音在他耳旁小聲說明目前的狀況。

「那個東西還在碼頭裡，出口已經關閉了，它一時半刻應該無法離開這個地方，太爺也請小心，它異常迅速且力道凶猛，而且，似乎不懼怕槍砲。」

「……」

不懼怕槍砲？這下就麻煩了。太爺暗自想著那個東西現身時他要怎麼應付。

沒有讓他有多餘的時間思考，不遠處傳來苦悶的哀號聲，眾人不敢大意，紛紛持著槍枝維護太爺的安全。

驟雨之中，一道身影恍惚搖曳，伴隨著血味蔓延，在昏黃燈光照耀下出現在圓環社所有人面前。

一名披散著黑髮的男子，儘管膚色蒼白，但五官挺立，營造出難以言喻的高傲，漆黑的眼眸更加深此人冷漠的距離感，他身上穿著不屬於這個時代的服裝，黑紫色的色彩顯示這名男子身分高貴。

男子修長的手指正流著鮮血，可想而知那些血液並不是來自於他，而是碼頭裡圓環社的成員。

「太爺。」祕書不知道是否可以攻擊這個東西，只要太爺不下令，無論發生任何事他們都不能開槍。

太爺屏息以待這名男子的下一步動作，奏星純說這次運送的貨物是一具屍體，莫非就是這位男性？倘若是屍體的話，為何現在還能活動？難道是……殭屍嗎？

搖搖晃晃的男性抬起頭，在雨夜中與太爺的雙眼對視，男子漆黑的眼眸在那瞬間總算有了其他色彩。他緩步靠近，每走近一步，圓環社眾人就警戒萬分，太爺明白若是有人阻礙在男子前方，下場恐怕就跟那些負傷的成員一樣，於是，如此緊要時刻，這名年輕領導人下達了讓其他人錯愕的指示。

「退開。」

「太、太爺？」祕書與眾人不敢置信地看向太爺，但見到他不容質疑的神情，所有人只得小心翼翼退到後頭，並萬分留心這名男子、或者說這個東西的動靜。

夜晚的驟雨帶來冰冷的淒厲，男子在接近太爺同時，伸出同樣冰冷的手摸住年輕領導人的臉龐，「我終於見到你了，李斯。」男子的聲音低沉沙啞，即使這個聲音就跟男子一樣不帶有任何情感，但提到「李斯」這兩個字時，相當溫柔。

「不要逃離我的身邊、不要畏懼我，即使你將我囚禁在陵墓這麼久，我也不會因此怨恨你。」男子握住太爺的手，並在下一秒使力將他拉向自己的懷裡，對年輕領導人而言，身體感受到的並不是活人溫暖的體溫，而是猶如沉寂已久的古物般冰冷，這名男子身上有著千年孤寂的味道。

知道這名男子絕非普通人，太爺不敢恣意行動，儘管Pfeifer Zeliska左輪手槍就放在他垂手可得之處，但祕書方才也說了，這個男人不懼刀槍，就算補上幾發子彈大概也無濟於事。

「那，再次為我取得世界吧，就像之前一樣，沒有你，我什麼都不是。」冰冷的男人緊緊抱住太爺，語句不時透露世間萬物都無法阻隔的親暱感，就像是對深愛的戀人般細語，「如果你想逃開的話，除了你以外，我對誰都不會容情，我絕不允許你再次背叛我。」

「你是我的。」

Episode 2

無盡抱擁・下

奏星純沒想到太爺的速度居然這麼快，約莫凌晨四點，太爺便告知他貨物已經跨海抵達碼頭，隨時都可以送往他所指定的地方。奏星純不確定辛紅縷這個時候是否還醒著，打了一通電話過去縷紅新草古董店時，接聽電話的人是聲音聽起來很有精神的銀蓮花——

「妹子，這麼晚還沒睡啊？也好，跟妳主子說一聲，秦始皇的屍體已經送來了，他什麼時候方便接手？」

「不愧是奏爺，好驚人的效率！我馬上跟主子說，也請奏爺稍待片刻。」銀蓮花一聽到秦始皇的屍身有了下落，立即稟報辛紅縷。人還待在星塵偵探社的奏星純，趁這個時候從懷裡摸出一根雪茄開始吞雲吐霧起來。這陣子為了處理那家跨國企業的後續，他和初塵幾乎都待在辦公室裡，原本估計始皇帝的棺木送來這裡好歹需要兩天的時間，沒料到太爺竟然如此迅速……說實在話，這超乎奏星純的估算，一般而言，透過正常程序從大陸海運到這裡需要四天以上，當中如果遇到海關驗櫃可能會多花點時程，走私的話沒有這些問題，因此兩天以內貨物應該就能抵達。那麼，原本要花兩天以上的時間才會抵達的貨物，在不到一天的時間裡就送到碼頭，這是為什麼？

因為圓環社很有效率嗎？

不，他一開始就評估圓環社要把秦始皇的棺木送來這個國家，兩天是最基本的時間，走私風險大，得面對海上巡邏的問題，因此最快的速度是兩天，最慢是四天。

但現在何止是有效率，簡直用突破天際的速度在半天內就將貨物運送到碼頭，這只有一個可能，那就是秦始皇的棺木出了意外，讓太爺不得不加快腳步將貨物送至古董店。

可太爺方才在電話裡沒有提到貨物的變化……怎麼說，真是城府深沉的男人，打算親自把貨物送到縷紅新草古董店時，再提及棺木的事嗎？畢竟太爺很瞭解如果在電話裡就說出貨物的狀況，很有可能會被他和辛紅縷見招拆招，再者，若貨物所發生的變化不是他和辛紅縷有辦法收拾的，太爺自然得想盡辦法避開貨物最後是由他解決處理這樣的窘境。

從一件事就可以看出一個人的性格，和圓環社交手這麼多次，漸漸的這個非法組織也在奏星純腦海裡鮮明起來，原本以為只是生意頭腦與眾不同的小黑幫，利用嬰兒當作賺錢的手段這確實少見，之後還發生國際刑警摧毀圓環社其中一個的據點，那時奏星純還未把圓環社放在眼裡，直到圓環社布下圈套毫不留情殺害好幾名刑警後，奏星純才感受到這個非法組織冷酷凶狠的本色。

這幾天英國廣播公司（BBC）深入淺出報導世界各地活躍的不法組織，其中墨西哥錫納羅亞州的血聯盟[1]、義大利的克莫拉[2]、墨西哥的洛斯哲塔斯[3]、中國圓環社並稱為全球四大犯罪集團。年紀輕輕便統率這麼有分量的組織，太爺的作風與手腕肯定沒有普通人這麼溫和，就奏星純看來，太爺大膽且謹慎，是個狡詐詭智的人，儘管相貌斯文，卻藏著讓人不寒而慄的心思，雖不知是什麼樣的環境塑造出太爺這樣的人，但可以肯定的是，此人所受的並不是正常教育。

「純君，聽蓮花說你那邊有秦始皇棺木的進展了？」話筒另一端傳來辛紅縷的聲音，跟奏星純預想的低沉沙啞聲不同，是跟平常相差無異的嗓音，看來這位青年也是到現在還未入眠。

「已經抵達碼頭，隨時都可以送去你那邊。」奏星純把雪茄捻熄在菸灰缸上，他將視線移向旁邊的落地窗，外頭天際一片黑暗，地平線上閃爍著人造燈微弱的光芒，「你覺得現在如何？」

「那麼就現在吧，有勞了。」

「我馬上請對方將貨物送過來，另外，你可能要有心理準備。」

「什麼意思？」

「我想秦始皇的棺木應該是發生意外了，不過詳細情形可能要親眼看到才知道是

注釋

1—血聯盟：錫納羅亞販毒集團（Cártel de Sinaloa 或 CDS）被美國情治單位認定為「全世界勢力最為龐大的販毒集團」，詳見 P.249 的詞條說明。

2—克莫拉（Camorra）：義大利最古老的有組織犯罪集團，詳見 P.249 的詞條說明。

3—洛斯哲塔斯（Los Zetas）：是墨西哥一個勢力龐大的暴力犯罪集團，被美國聯邦政府認定為「墨西哥所有販毒集團中最為先進、嚴謹且危險的組織」，詳見 P.250 的詞條說明。

出了什麼狀況，所以我等等也會過去。」

「……」辛紅縷沉默了兩秒，接著很平淡地說著：「無論發生任何事，敝店都會周全純君的安危，因此也請放心過來吧，此時此刻正是一窺始皇帝真面目的時機，人類一生中到底有多大機會可以看到千年前統治者的樣貌，這是千載難逢的機會。」

「行了行了，不管是否能看到秦始皇，我都得親自確認貨物沒有半點差池地交給你，雖然現在似乎出了一些意外。總之，我差不多十分鐘後就會到達，你稍微準備一下吧。」結束通話後，奏星純嘆了一口氣。

正在處理企業金融問題的初塵瞄了他一眼，漫不經心開口了：「哥哥我這下都難以判斷您是疲憊的嘆氣還是爽翻天的嘆息，都這時候了還待在辦公室工作是該嘆口氣，不過刺激棘手的事接二連三發生應該都讓你高潮了，人生巔峰啊是不是？」

「大概要太爺和辛紅縷聯手和我一較高下才會有點感覺，不過面對這兩人同樣都不能大意，你真該聽聽辛紅縷剛才的發言，他可是一點也不擔心秦始皇的棺木會出什麼意外，你知道這是為什麼嗎？」

「為什麼？」初塵停下手邊的工作，困惑地說出自己的判斷，「照理來說，他不是很著急秦始皇棺木的下落？還連忙委託你這件事，代表他自己也心急如焚，結果你一告訴他棺木已經送到咱們國家的碼頭，他卻雲淡風輕愜意了起來，莫非，只要棺木到手，不論發生什麼事他都有辦法應付嗎？」

「That's right，就算辛紅縷有通天的本領，棺木不在他的手中等於他什麼事也不能做，但現在情況不同，棺木就在這個國家裡，無論出了什麼差錯他都有方法可以補救。可話說回來，辛紅縷自始至終在意的也只有秦始皇的屍體，究竟這具屍體會帶來什麼樣的災難、有多少人會為此犧牲喪命，全都不在他的關心範圍裡。」秦星純當下又想起太爺在電話中冷靜地說著「貨物已經跨海抵達碼頭，隨時都可以送往你所指定的地方，要現在動身嗎」，半句不提貨物的狀況，深沉的心思跟算計就藏在言語的細節中。

一個是年輕的犯罪組織領導人，一個是維持青年模樣的古董店老闆，前者時如黑豹時如豺狼，既優雅又兇狠，後者是一個來歷成謎的人物，然而再過不了多久，他就要和這兩人同時交手，說實話，他這輩子沒有這麼愉快過。

「這不是很好嗎？普通人註定無法吸引你的興趣，適合成為你生活調劑品的只能是妖魔鬼怪或沒血沒淚的傢伙，外貌協會和圓環社都符合你的需求，你就開心地玩吧，但身為合夥人我還是要提醒你一句，現階段老子不想收到你的訃聞，不要搞出人命，做人處事節制點。」把目光移回電腦螢幕上，初塵中肯地說出內心感想。

「我知道什麼叫作玩火自焚，該節制我會節制的，先這樣吧，我得去縷紅新草古董店一趟了。」丟下這句話後，奏星純就帶著黑色大衣出門了。

「你這傢伙最好會節制。」

無奈地望向沒入電梯裡的背影，初塵繼續挑夜燈大戰。

❖ ❖ ❖

走出星塵偵探社的奏星純開著愛車前往古董店。凌晨四時，周遭非常安靜，偶爾奔馳在街道上的汽機車發出喧囂的聲音，與寧靜的深夜共舞的還有遠處傳來的狗吠聲。繁華的商業區依稀可以看到幾個流動攤販還在收拾打理，這地帶在晚間是人潮熱絡的夜市，即使是凌晨一點仍相當熱鬧，一直到兩點過後才會逐漸冷清。

奏星純將車子靠在巷子口附近的停車格裡，徒步走到縷紅新草古董店時，看到了太爺與圓環社兩位成員，在他們身後則停著小型貨車與高級房車。奏星純判斷太爺應該也是剛到不久，銀蓮花是個稱職的看門犬，不會讓太爺這個渾身散發危險氣質的男人在他們門外待上半分鐘，因此太爺大概只比他早個兩三步抵達。

「儘管外表看不出來，但這是一家古董店，名為縷紅新草。」奏星純稍微介紹這棟黑紅相間的洋房來歷，太爺不著痕跡打量洋房的外觀，想說些什麼時，銀蓮花就從洋房裡走出來了。

「讓諸君久等了，一路上辛苦，也請隨小女子入內。」銀蓮花客氣地邀請眾人進入縷紅新草古董店裡，圓環社其餘兩位成員將放在貨車裡的黑色大箱子小心翼翼扛進大廳後，便恭恭敬敬待在外頭，銀蓮花見狀點點頭很滿意對方的識相，簡單打個招呼，就關上洋房大門了。

辛紅縷穿著黑色緞面西裝一如既往斯文地坐在沙發上，大廳裡洋溢著伯爵茶的香氣，科技產品、家用電器不普及的古董店內，點亮許多盞瓦斯燈，讓這棟歌德式洋房更添難以言喻的幽雅氣息。

「紅縷，跟你介紹一下，這位是太爺，此次仰賴他的援助才能將棺木運送到這裡。」奏星純明白辛紅縷不是一般人，對太爺兩字不會有什麼反應，換做是普通的路人甲乙丙，恐怕會回「太爺？就不能有像樣的稱呼嗎」之類的語句。

「這位是縷紅新草古董店的老闆辛紅縷，貨物的主要委託人。」

於是，太爺和辛紅縷互相瞭解對方的身分後，視線相交了一秒，接著不動聲色地喝起伯爵茶，很明顯地表達「你好，初次見面請多指教」這樣客氣、這麼索然無味……所謂的同性相斥大概就是這麼一回事。

好比說海裡的鯊魚與陸地的獅子對彼此如何獵食、如何生存完全不感興趣。

「這次辛苦純君和閣下了，非常感謝兩位為秦始皇的事奔波。」辛紅縷放下茶杯後淡淡說著：「不過我想閣下應該看過那具屍體，棺木恐怕不復存在了吧？」

想不到辛紅縷竟然推測太爺已經見到秦始皇的屍身，奏星純不知道青年的判定從何而來，難道說是因為送來的貨櫃沒有無菌層流裝置嗎？的確，不管怎麼看，貨櫃的大小就跟棺木沒有什麼兩樣，現今無菌層流裝置有一定的體積，辛紅縷應該是從這點斷定太爺看過始皇帝模樣。只是，當初從研究所接手秦始皇的棺木時，奏星純就從臨時組成的研究團隊口中聽說棺木的結構相當精細，除了開關處上了精密的鎖以外，接合處也有別出心裁的機關，要打開恐怕得花上一段時間。奏星純認為太爺不是個會破壞貨物的人，俗話說好奇心能殺死一隻貓，身為非法組織的領導人，他絕對清楚謹慎為上這句話。

「不知何種原因棺木崩解了，連同無菌層流裝置也一併毀壞，拜此所賜，那個東西傷及我方人員數名，所幸沒有大礙。」太爺的聲音聽不出是慍怒還是斥責，彷彿在敘述一件不相干的事情般，語氣毫無特別之處，「因此，我應該有權知道那個東西是什麼，願聞其詳。」

「實在抱歉讓閣下周遭的人陷入險境，關於棺中人的來歷也請與在下一道觀視。」辛紅縷起身從櫃子裡拿出一個香爐，並點上薰香後來到貨櫃旁，小聲說著：「請容紅縷僭越了。」說完便毫不猶豫地打開貨櫃，揭露秦始皇真實的樣貌——

說起死亡之後肉身不腐這碼事，奏星純人生裡見過三具保存良好的木乃伊，木乃伊這詞源自於波斯語「mum」，意思是蠟，阿拉伯人延伸成 mumiya 去形容古埃及用防腐香料保存的屍體，事實上阿拉伯那時正流行蜜漬人這種藥方，被當作藥物的人必須以蜂蜜為食，死後把人放進裝滿蜂蜜的棺木裡，過了一段漫長的時間再開封就成為炙手可熱的偏方，有傳言法國著名的國王法蘭西斯一世[4]天天都要吃一口，是個重口味的皇帝。

元末明初一位叫陶宗儀的史學家寫了一本《南村輟耕錄》[5]，裡面傳神地記載阿拉伯人獨特的偏方：回回[6]田地有年七八十歲老人，自願捨身濟眾者，絕不飲食，惟澡身啖蜜。經月，便溺皆蜜，既死，國人殮以石棺，仍滿用蜜浸，鐫誌歲月於棺蓋，瘗之。俟百年啟封，則蜜劑也。凡人損折肢體，食少許立癒。雖彼中亦不多得，俗曰蜜人，番言木乃伊。

木乃伊這三個字便是從這裡而來，泛指透過特殊技術保持完整的屍體。

秦星純見過最完整的木乃伊首推義大利西西里島的兩歲女嬰——羅沙麗亞倫巴多，西元一九二〇年逝世至今超過九十年，被廣泛認為是目前保存最完美的屍體。其次是阿根廷尤耶亞科山的木乃伊少女，是十一世紀到十六世紀的印加帝國活人獻祭下的犧牲品，第三個便是中國千年不腐濕屍漢朝時代的辛追夫人，因此秦星純對於年代已久的屍體有一定程度的概念，但這次秦始皇嬴政卻大大扭轉他的認知。

西元前兩百五十九年出生，三十九歲時結束亂世統一六國建立秦朝，自稱為秦始皇帝，死時五十歲。距今過了兩千兩百多年，這位橫跨二十個世紀、閉上雙眼漠視無數朝代起起落落分分合合、建立地下兵馬俑大軍企圖讓自己能在黃泉世界君臨天下的千古一帝，至今還維持年輕的模樣，黑色長髮與蒼白膚色，依稀能看到青色的血管與微紅的血脈，彷彿他未曾離開這個世界，只是短暫陷入昏睡。

「他是秦始皇嬴政，中國歷史上第一個使用皇帝稱號的君主。」辛紅縷看到秦始皇的指尖還殘留血跡，透徹的雙眼閃過一絲陰霾，「八成是考古團隊將棺木帶出驪山地下陵墓時，隨著溫度與濕度的劇烈改變，讓棺木裡面的符文喪失了作用，導致嬴政能夠從棺木的束縛中解脫。」

注釋——

4—法蘭西斯一世（FranÇois I）：法國歷史上最著名且最受愛戴的國王之一，詳情請見本書 P.251 的詞條說明。

5—南村輟耕錄：又稱《輟耕錄》，共三十卷，詳見本書 P.252 的詞條說明。

6—回回：因應不同時代有不同的意思，在宋朝時期回回是指回鶻這個國家（回鶻是中國少數民族維吾爾族的祖先），元朝的回回指的是西域人，例如阿拉伯或羅馬人等，明朝和清朝指的是回族。

「等等，你的意思是……」其實從太爺那句「拜此所賜，那個東西傷了我方人馬」，奏星純就對秦始皇抱持疑惑，在接下辛紅縷的委託時，他有設想幾個可能性，一是秦始皇的棺木裡蘊藏人類目前智慧無法克服的病毒或細菌，想當初考古學家興高采烈地挖掘埃及法老圖坦卡門的陵墓，貴氣逼人的黃金棺華麗地出現在世人面前，結果曾經接觸黃金棺的考古學者一個一個死亡，各地媒體紛紛以「法老的詛咒」[7]來形容這個事件，可後來追根究柢才發現這跟法老的詛咒一點關係也沒有，純粹是因為墓室裡帶有大量細菌與微生物，才讓那些考古學者接二連三去當小天使。第二個可能是，秦始皇的棺木裡或許真有什麼恐怖至極的古代詛咒，儘管奏星純不太信怪力亂神的邪說，不過有些事寧可信其有，不可信其無。

然而辛紅縷短短幾句話卻打破了奏星純的預想，有問題的不是棺木，而是秦始皇本身。「嬴政到現在還活著。」辛紅縷淡淡說著：「驪山皇陵是為了囚禁他而存在，兵馬俑的擺設、機關的安排等等全是避免他從中脫困，但自從考古團隊踏進地下陵墓那一刻起，這個龐大的機關就徹底失去功效了。」

想不到居然是這麼一回事。拜先前就從辛紅縷口中得知漢朝的漢宣帝始終維持即位模樣這件怪事所賜，奏星純很快就接受秦始皇到現在還活著的離奇狀況，關於秦始皇陵墓機關重重這一點，他也略有所聞，史學家司馬遷曾記載地下陵墓設有觸發性的暗弩，若盜墓者接近的話就會射出連發弩箭，除此之外，地下迷宮擁有大量水銀，水銀所蒸發的有毒氣體也會使盜墓者留命於此。

歷史上皇帝長眠之所數以百計，就以機關安排和占地規模來論，秦始皇的陵墓都精密得不可思議。而原因，現在終於揭開了。

「請看這個。」辛紅縷攤開放在桌上的卷軸，上面繪製許多圖樣並寫著奏星純與太爺都無法解讀的古文。「此物乃是秦始皇陵墓的設計藍圖，除了詳細描繪空間細節外，亦有棺木製作的流程。一般皇帝的棺木大多使用龍膽紋金絲楠木，但秦始皇使用的是桃木[8]，主要原因是驅邪，此外，棺木裡面刻上許多符文，以便永久囚禁秦始皇。」

注釋

7—圖坦卡門的詛咒：詳情請見本書 P.250 的詞條說明。

8—桃木辟邪之說：最早記載於春秋時期的《左傳》，上頭寫著「桃弧棘矢，以除其災」，意思是要用桃木做的弓和棘枝做的箭進行除災的儀式。

「為何要做到這樣的地步？」秦星純一點也不訝異辛紅縷已經準備好陵墓的卷軸，青年也是絕頂聰明的人，他不會沒有任何防備就迎接秦始皇棺木的到來。

「想必純君對秦始皇的作為也有一定程度的瞭解，嬴政在統一六國後相當積極地尋找永生的方法，方士徐福為他取來人魚肉，自古就有吃人魚肉能長生不老的傳言，如純君所見，秦始皇至今仍完好無缺。」

「我想不至於是因為不老不死才將他囚禁於陵墓裡，應該還有什麼重要的原因……」秦星純很快就發現癥結點了，這是他第二次從辛紅縷的口中聽到「人魚」兩字，一蓮托生這間舶來品店進行奇特生物的買賣，不論是獨角獸還是人魚都是這間店的商品，雖然不確定當初徐福是否從一蓮托生這間店得到人魚肉，但可以肯定的是，吃人魚難保不會有什麼副作用，就跟吃皇帝醃肉一樣。「這麼說來的話，吃人魚肉有什麼風險？」

辛紅縷輕聲說著：「如果不繼續吃人魚肉，人格會有相當大的變化。」

「人格變化？這是焚書坑儒最大的原因嗎？」就秦星純所知，秦始皇嬴政的手段向來凶殘，曾經對不起他的人墳墓上的草都長得跟樹一樣高，如果本身懷有才能，嬴政會在惜才的份上容情，倘若毫無可取之處，滅九族夷三族就跟家常便飯一樣經常出現。歷史上的焚書坑儒起因在於秦始皇注重法家思想，這是受到寵臣李斯的影響，李斯以法家一貫的手段幫助嬴政治國，推崇君主專制中央集權，使得當時百姓被嚴酷的法律搞得水深火熱，文人儒生紛紛指責秦始皇殘暴的政治。為了達到思想控制，秦始皇聽從李斯的安排，把異議者全坑殺，並將農業、醫藥等技術以外的藏書燒毀，堪稱是秦始皇政治上最令人詬病的作為。也就是說，那個時候的嬴政已經不在乎對方是否有才能，只要阻擋在他面前，下場只有死路一條。

「可以這麼說，不過這並非完全是事實的原貌，那時坊問對嬴政未有衰老之姿議論紛紛，部分民眾認為秦始皇已神格化，各地掀起一股狂熱信仰，但也有一些人士認為這是秦國滅亡的前兆，開始組起義勇兵打算對抗朝廷。」辛紅縷語帶保留地回應，「簡而言之，焚書坑儒最主要的目的是想掩蓋秦始皇不老不死這件事。」

「恐怕不止如此吧，我想焚書坑儒這麼荒謬的事能被秦始皇允諾執行，是因為提議的人是李斯。」太爺語出驚人地開口：「我從嬴政的口中聽到這個名字，你說食用人魚肉的嬴政在人格上會產生劇烈的變化，但應該還不至於失去判斷能力，如果是的話，秦朝早就毀在他的手中，而不是風雨飄搖地傳承到第三代君王嬴子嬰，證明他多少還有保留基本的理智。那麼，作為一名至高無上的統治者，他難道無法分辨焚書坑儒是多麼荒誕無理嗎？史書上寫著為此事件喪命的儒生多達四百六十人，這無法稱為迫害，而是屠殺，一國之君竟然屠殺子民，任憑君王再怎麼迂腐也明白此事大不可為，可嬴政還是毫不猶豫地做了。」

「……」辛紅縷那張鮮少有情緒變化的臉龐微微浮現一層訝異，訝異之餘還帶了幾分困惑。他沒有反駁太爺的言論，只是低下頭用複雜的語氣說著：「誠如閣下所言，李斯是為了鞏固秦始皇的政權才提出焚書坑儒的方法，秦始皇接受了他的提議，下令執行。」

秦星純沒料到秦始皇暴政的出發點是因為那名相當知名的丞相李斯，且照太爺如此說來，嬴政與李斯的關係恐怕不止主從這麼單純，實在話，有點意外，但仔細想想卻又理所當然，在於嬴政的嬪妃皇后沒一個在歷史上留名，可能對嬴政而言，女性的用途恐怕只有傳宗接代，會這麼貶低女性，也許是因為母親趙姬的緣故。

說起嬴政和李斯，是歷史上非常著名終生相伴的君臣，王要出遊必帶著李斯，王要實施任何政策必定聽取李斯的建言，當然李斯這位丞相也相當盡職輔佐君王，提出了統一文字與修築馳道等等措施，目的是讓嬴政建立的王朝能長長久久。

但是再怎麼長久，人的壽命有其期限，嬴政絕對明白這一點，秦星純不認為他是個想永生永世掌握大權兩百年、兩千年甚至兩萬年的皇帝，倘若是的話，他不需要嬪妃生育後代，因為後代會威脅他的地位。

可弔詭的是，明知人有其壽命，卻還是要求方士尋求長生不老的祕方，史書上寫著「海中有三神山，名曰蓬萊、方丈、瀛洲，仙人居之。請得齋戒，與童男女求之。於是遣徐福發童男女數千人，入海求仙人」，意思是大海之中有三座神山，名叫蓬萊、方丈、瀛洲，有仙人居住在那裡。方士徐福希望能齋戒沐浴，帶領少年少女前往求仙，於是秦始皇就派徐福一群人去海中尋找仙人了。

史書上如此記載，代表嬴政想長生不老，坦白說歷史上追求長生不老的皇帝不在少數，漢武帝、唐太宗等人都曾追求長生不老的祕方，但很明顯這些人都失敗了。

為何秦始皇嬴政想要獲得長生不老？

是因為皇帝這位置他想再坐個八百年嗎？

還是利慾薰心不肯放棄這個由他一手建立的王朝？

奏星純知道目前世上能解答這個問題的人，很幸運，還有一個——

「有個問題不知你是否能解答。」奏星純看向辛紅縷問著：「我實在想不透這位足智多謀精通算計的君王為何會對長生不老這麼著迷？嬴政天性冷酷多疑且相當理智，能夠一路走來始終陪伴在他左右的只有李斯，莫非，他想取得長生不老的祕方是因為李斯嗎？」

「……」青年臉上的困惑沒有消退一絲一毫，他過了三秒才淡淡說著：「他將方士辛苦得來的人魚肉一分為二，另一半給李斯，不過丞相他始終沒有服用。」

「真是深情啊，想要永遠跟對方廝守，但很遺憾地用錯方法，再者也沒有想到人魚肉會造成他的性格大變，我想那個時候的李斯大概心裡也有個底，如果不把嬴政收拾起來的話，這個禍害恐怕會荼毒眾生千年萬世，因此只好將他囚禁在棺木內，再建立驪山陵墓把棺木放在一個安全的地方，從此讓嬴政消失在漫長的歷史歲月中。曾有野史記錄李斯在秦始皇身亡後腰斬於咸陽是出於他本人的希望，因為他並未善盡丞相的職責輔佐君王，因而使秦始皇走上自我毀滅之路，請求腰斬是李斯對自身的懲罰。」

奏星純看著貨櫃一眼，略為惋惜地嘆了一口氣後望向太爺，「日前的謎題算是解開一半了，剩下的問題便是太爺你究竟是用什麼方法制服嬴政？他的指間還殘留血跡，我想應該不是屬於他的，擁有長生不死軀體的秦始皇恐怕沒有這麼容易被制伏，可他現在卻好端端地躺在貨櫃裡不省人事，你是怎麼辦到的？」

「請容我補充部分原因。」喝了幾口溫熱的紅茶，神色恢復以往冷靜的辛紅縷開口說道：「已經許久沒有吃到人魚肉的秦始皇就算能破壞棺木，也無法支撐太久，失去意識只是時間早晚的問題，不過令人訝異的是，閣下竟能從他的口中聽到李斯這個人名。」

「他似乎將我誤認成是李斯。」太爺答道。

「……閣下與李斯並不相似。」不著痕跡將太爺看過一遍的辛紅縷搖了搖頭，「唯一會讓人錯認的地方只有眼神了，都是野心勃勃、冷靜又狂氣的眼眸。真令人意外，被囚禁在棺木裡如此漫長時間的秦始皇已經失去理智，卻還能因為這雙眼眸與故人相似而放過閣下，只是因為這個原因嗎……」像是自問自答般，後面那幾句話相當小聲，除了辛紅縷本人以外無人能聽見。似乎也明白再這樣追究下去無法得到答案，青年很快就回到話題，「罷了，此次相當感謝閣下援助，鸞鸞是閣下指名的商品對吧，這樣身形曼妙無以言喻的生物正棲息在敝店的房內，請稍待片刻，我立即將牠帶至您面前。」

秦始皇已是縷紅新草古董店的囊中物，辛紅縷知道奏星純委託他取得的鸞鸞是太爺願意將贏政送出海的條件，囑咐銀蓮花好好招待兩位貴客後，便上樓將鸞鸞帶下來。

身為古董店看門犬的銀蓮花在察言觀色這層面自然了得，儘管她有幾分顧慮太爺的身分，之前奏星純曾在店門外受到槍傷，想必跟太爺脫不了關係，雖然不清楚為何奏星純會和如此危險的太爺來往……嘛，這個問題確實多餘，奏星純是哪裡有危險就往那裡跑的糟糕性格，與曾經置他於死地的人來往很正常，她明白此時此刻留個空間給這兩人談話是明智之舉，因此就到廚房溫熱茶點和準備點心。

偌大的會客廳只剩下太爺與奏星純，原本古董店內頹廢陰鬱的文藝氛圍因為太爺的存在，增添幾分不安的氣息。

「秦始皇將會作何處理？」太爺喝著紅茶有些漫不經心地問著，顯然這只是個聊天話題。

「紅縷說過會將嬴政放在一個相當隱密的場所，永遠不讓閒雜人等接近他。」

輕輕把茶杯放下，太爺噙著一抹難以言喻的笑意說著：「繼續囚禁的意思嗎？」

奏星純點頭道：「可以這麼說。辛紅縷雖然專門與人交易稀奇古怪的物品，即使是古代皇帝也是這間店的商品之一，但現在看來，他似乎沒有這個打算把秦始皇列為能夠交易的項目。」

「是嗎……」太爺聽到奏星純的回答不自覺地陷入沉思，不知為何，雨夜裡嬴政漆黑的身影在他的腦海裡清晰起來，沙啞且帶著細微壓抑的情感低喃「如果你想逃開的話，除了你以外我對誰都不會容情，我絕不允許你再次背叛我」，讓太爺不禁把嬴政與某個男人的形體重疊在一起。

「以為這麼做就能永遠維持他與李斯的情感，卻沒有意識到李斯自始至終都不愛他，自古以來多少皇帝與掌權者皆是用霸道蠻橫的手段取得他們想要的事物，這就是所謂的帝王獨裁，因此歷史上只有極為少數的君王能夠被愛。」太爺說著，提到「愛」這個字的時候，語氣有著任誰也無法察覺的痛苦。

「理所當然，帝王教育是教導皇帝如何使用權力與算計，並不是教育他們如何成為一名普通的老百姓，因此十之八九根本不懂正常的戀愛，不過太令我訝異了，太爺居然也如此通達情理。」縱然身旁這名非法組織的年輕領導人曾指使狙擊手攻擊他，但奏星純明白若太爺想認真收拾一個人，絕不會讓對方看到明天的太陽，所以他能肯定這男人從始至終都沒有取他性命的打算。兩人的關係說是彼此為敵實在牽強，說是友好關係又過於客套，撇開各自的立場來看，奏星純私底下欣賞這個男人。

如果太爺再狡詐冷酷一點、無視道德法律、草菅人命、不留情面，甚至再自私自利、毫無誠信一些，奏星純壓根兒不會和這個人有所來往。

「諸如這類事我看太多了。」聽到樓梯傳來細微的腳步聲，太爺沒有多加解釋，僅以這句結束話題。

辛紅縷緩緩地從樓梯走了下來，他的左手佇立一隻身形猶如孔雀的鳥，有藍紫色飄逸的羽翼與鮮豔光澤的羽毛，雙頭一對眼睛，左頭僅能看到左邊、右頭僅能看到右邊，如果沒有絕佳默契，恐怕無法拍動翅膀飛翔天際。

「讓閣下久等了，這就是蠻蠻。」銀蓮花推了一個支架過來讓蠻蠻站立在上面，儘管帶著外型跟孔雀相仿（恐怕體重也相仿）的鳥從樓上走下來，辛紅縷完全沒有半點疲態。太爺平靜地看著鸞鸞如此華美的身姿，用不期待亦不失落的口吻說著：「和母親敘述的一樣，我要如何飼養牠？」

「每天餵食新鮮的水果與清泉，給予牠溫帶叢林的環境，避免出現爬蟲類就可以了。鸞鸞這種生物一般來說無法被人豢養，但這次狀況不同，牠已經認定閣下為飼主，您生命到達終點的那一刻，也是牠最後鳴叫的時刻。」辛紅縷知道太爺有的是本事把這隻大鳥送出海，因此完全不過問出海關這類瑣事。

「知道了，除此之外，我還想另外飼養一樣東西。」

伴隨太爺如此雲淡風輕的一句，辛紅縷的眼神在那一瞬間嚴肅了起來。

「……」辛紅縷從容優雅地坐在沙發上，他修長的手指互相交疊，似乎沒有打算享用銀蓮花重新溫好的紅茶，「閣下是認真的嗎？」

「是，我要飼養嬴政。」太爺說著，這是他一分鐘之前才決定的事。

沒想到事情會往神也不知道的境界發展……奏星純當下突然覺得頭部隱隱作痛，這比他從辛紅縷的口中聽到搶劫秦始皇的屍體還更震撼。

「……這是什麼樣的超展開？」奏星純嘆了一口氣，頓時有種自己千辛萬苦把秦始皇運來縷紅新草到底是為了什麼……不過，現在想這些都無濟於事了，若辛紅縷肯讓太爺帶走秦始皇，對擁有私人碼頭的圓環社來說，就只是多一個把人運回去的手續而已，這沒有什麼。再者，奏星純不認為辛紅縷會開出任何吃人的條件要太爺付出代價，在於秦始皇根本不是縷紅新草古董店的商品，實在話，與其把嬴政放在一個自以為安心的場所，倒不如放在一個感覺上很危險但實際上很安全的地方還來得妥當。至此，奏星純說出了自己的看法，「話說回來，只要能不斷供應人魚肉，嬴政應該能恢復理智並融入正常人的生活吧？」

「確實，不過人魚肉非是垂手可得之物，普天之下能夠提供新鮮人魚肉的只有一蓮托生這間舶來品店，店主在昨天已經離開這個國家去外地交涉商品，若閣下決意要接手秦始皇的話……」辛紅縷不帶任何表情地沉默三秒，最後露出一抹淺笑說著：「在下可以代替一蓮托生與閣下進行交易。」

「價碼是？」太爺問著。

「必要時希望能商借閣下的私人碼頭。一蓮托生經常為了進口而大傷腦筋，有許多大型商品無法通過海關，因此得仰賴走私的方式，儘管這些年來鋌而走險的過程還算順利，但如果有更安全的途徑多少也能安心。也請閣下切莫掛慮，一蓮托生不會貪得無厭肆無忌憚地運送令閣下不快的貨物，始皇帝一個月只需吃人魚肉一次，就用一月一次的交易來滿足彼此，您意下如何？」

乍聽之下，似乎沒有特別的損失，但對太爺而言，並非毫無危險。

就目前為止的觀察，辛紅縷的來歷身分皆是謎，能清楚地回答秦朝時代瑣碎的過去，青年非常人。雖然辛紅縷維持二十四歲至二十六歲左右的模樣，可實際年齡恐怕不是如此，且，青年的用詞遣字儘管溫和優雅，卻沒有一絲人情世故……與之交易簡直與虎謀皮。

不過奏星純願意深交的對象就算再怎麼老謀深算，肯定也是守信之輩，太爺不清楚辛紅縷的為人，但明白奏星純的人格，既然辛紅縷已經承諾不會運送讓圓環社暴露於險境中的商品，他就看在奏星純的份上維持每個月一次的交易。

太爺思考了零點五秒後，說出了這兩個字，「成交。」

「一個月一塊肉，考慮到嬴政貴為皇帝這樣的高規格身分，一蓮托生會挑最嫩的部分給他。」銀蓮花此時拿了一張契約書過來，並遞上鵝毛筆讓太爺書寫，「那麼，在契約上簽下閣下之名，交易就此成立。契約的有效期限是五年，若閣下願意續約的話，五年後也請來敝店重新簽訂契約。」

太爺俐落地簽下三個字後，將契約書放在辛紅縷面前，青年很慎重地放進櫃子裡，「我方才所點的薰香能延遲秦始皇甦醒的時間，人魚肉在兩天內會送至敝店，屆時，閣下可以一併把薰香、人魚肉、秦始皇和鑾鑾帶回國。儘管出乎意料，不過，這是一筆好交易。」青年帶著一如既往的笑意說著。

那個時候奏星純無法理解辛紅縷答應這筆交易的原因，青年雖然經營古董店，可同時也是一位收藏家，他特別喜愛瘋癲狂亂之美的事物，秦始皇完全在辛紅縷鍾情的範疇裡。儘管太爺飼養嬴政沒有安全上的顧慮，就算真出了什麼亂子，憑太爺的膽識和手腕也能妥善擺平，但重點已經不在太爺是否有能力掌控嬴政這層面上了，他絕對有這份能力。讓奏星純匪夷所思的是，他是第一次看到辛紅縷把自己屬意的「古董」雙手奉送給別人……

不得不說辛紅縷對古董也是有好感高低之分，之前有個印度人向他交易宋理宗的頭蓋骨，奏星純親耳聽到青年難得叮嚀一句：「儘管宋理宗荒淫無道不學無術，可好歹是個宋朝君主，若您決意要入手這項商品，建議您最好隨身攜帶強而有力的護身物，以免招來不幸。」乍聽之下彷彿是辛紅縷對商品的貼心附註，但根本不是這麼一回事，整段話用最簡潔明瞭的方式解釋就是——雖然不知道閣下為什麼要購買這個東西，宋理宗這傢伙雖然當過王，但這個王當得很不怎樣，您如果確定要購買得先準備護身符，宋理宗這廝正經事沒做過半件，死後詛咒他人倒是挺厲害的，完。

再說說另一樣商品好了，安德華拉諾特，來自冰島神話故事，是一枚可以帶來財富和不幸的戒指，辛紅縷儘管從頭到尾都沒有表示「我非常中意那枚戒指」，但青年看到戒指已經套在展冰雲的手中後，簡直氣瘋了……奏星純能夠如此斷言在於青年相當謹慎有禮，任何時候都維持教養良好的模樣，就唯獨那一次，奏星純接受他的委託找到擁有安德華拉諾特的展冰雲，一見面時他連一句「純君，很感謝你找到戒指的下落」也沒說，完全不符合辛紅縷優雅斯文的形象。

回到秦始皇這個話題，奏星純沒想到辛紅縷這麼輕而易舉地就把嬴政給送出去，且太爺只需要每個月幫一蓮托生走私一次就成，辛紅縷都說了不會增添太爺的麻煩，因此運送的貨物應該不是什麼妖魔鬼怪，說實在話，他從不知道原來辛紅縷也可以這麼道德良心，That's amazing。

「奏先生，對偽造文書拿手嗎？」把招待的紅茶喝完後，太爺問著。

「……」奏星純明白嬴政就算是一統六國的秦朝帝王，來到二十一世紀照舊是個沒名沒分的無籍人士，得幫他準備一個身分才行，但偽造文書這方面圓環社應該也很強大，唉，太爺會這麼說只是想找個機會離開縷紅新草古董店而已吧？奏星純識相地點了點頭起身準備離開，「在敝社受理範圍內，請跟我來星塵偵探社一趟，紅縷，我與太爺就先走了。」

「恭送。」辛紅縷親自送兩人到門外後，便把大門關上，熄燈休息。

明明來的時候天空一片灰暗，如今遠方的雲端浮現層層橘紅的色彩，離黎明之際僅須臾片刻。雖然一夜未眠，奏星純全然沒有半點睏意，他和太爺一同走進某家二十四小時營業的咖啡店，各點了愛爾蘭咖啡和拿鐵，實在話，比起之前在高端大氣上檔次的頂層天空酒吧晤面，這次的氣氛相對輕鬆許多，店裡還有一些客人，兩人找了一個靠窗的位置坐下來。

在這之前，奏星純沒想過可以和太爺在這麼稀鬆平常的場所談話，不，光是太爺主動走進咖啡店就讓他相當意外，畢竟眼前這位人模人樣的男性可是中國非法集團的領導人，就像連續殺人犯走進便利超商裡乖乖付錢買東西一樣充滿突兀，可同時奏星純也意識到這份突兀感不過是自己以偏概全的刻板印象，事實上這名青年會對端紅茶給他品嘗的銀蓮花道謝，也會對沖泡拿鐵的咖啡店員投以善意的淺笑。只要不拿槍就是人模人樣的有為青年，拿起槍就是心狠手辣的非法分子，儘管以太爺的身分規格而言，拿槍的人通常是下屬與左右手，身為非法領導人還拿槍實在太難看也太狼狽。

不知是從什麼時候開始，只要看到太爺，奏星純就會不由自主地想起另一個人，那名年紀輕輕就殺人無數的隔壁鄰居。由於是未成年犯罪，刑法上不得處以死刑及無期徒刑，在一審宣判時鄰居被重判有期徒刑三十年，後來有媒體公開他的日記，每一頁都敘述他長期生活在精神異常的雙親身邊，漸漸地身為人的價值與道德觀崩壞，為了尋找出口只好把父母與漠視他痛苦的老師、同學們都殺害……這個時常在看文藝小說的鄰居所寫的日記輕而易舉就獲得人眾同情，二審就從三十年減輕為二十年，最後三審變成十五年。

因為是鄰居，奏星純當然知道那個傢伙的實際狀況，確實，那傢伙的父母親精神狀況都不穩定，甚至奏星純親耳聽到他的母親對別人說「我都把我兒子當狗在養」，這句話並非是玩笑，奏星純五歲那年曾有次睡不著趴在窗戶旁發呆時，無意間看到那個傢伙的母親把同樣五歲的獨生子當狗一般逛大街，已經凌晨兩點多了街上空無一人，一名精神異常的女人牽著一條狗鍊，鍊子另一端繫著衣不蔽體的孩子。

即使成長環境如此險惡，奏星純不認為鄰居有十足的權利和理由可以殺害他人發洩心情，那傢伙其實有分辨善惡是非的能力，可還是把施虐他人當作自身極致的興趣……只要那傢伙願意，隨時隨地都可以脫離這個恐怖的家庭，然後展開正常人該過的生活，不過那傢伙始終沒有這麼做，究竟原因是什麼？奏星純至今仍無法理解，但現在也不是想著那傢伙的時候了……

「沒想到你最後居然會接手秦始皇，不過要是你將嬴政留在縷紅新草，充其量也只是成為辛紅縷的收藏罷了，雖然你的作為也跟收藏沒有兩樣，可你為何要這麼做？」奏星純問著，用僅有兩人才聽得到的聲音。

太爺沒有直接回答奏星純的問題，而是問了一個毫不相干的話題，「奏先生，你看紀錄片嗎？」

「不怎麼看。」

「去過印度嗎？」

「去過一次。」

「感想如何？」

「種姓制度非常煩人。」一邊說，奏星純邊嘆了一口氣。

他的腦海裡隱約浮現許久以前和初塵一同到印度遊玩的恐怖經歷，那段出遊時光簡直是他目前人生裡最大的惡夢。

「你對人定勝天這句話有什麼想法？」太爺淡淡問著。

「某方面來說是真理，雖然頗為諷刺，但人類確實靠文明與智慧建造人類這種生物才能棲息主宰的世界，可以漫步在街道上的動物不是黑豹與雄獅，能駕馭天空的不是麻雀及夜鷺，是人類。」奏星純認為太爺可能是個無神論者，不，他確定這名古典暴力美學系男子是個無神論者，倘若太爺有信仰的話，這人壓根兒不會理直氣壯地把嬰兒當作商品買賣。正因為是無神論者，奏星純很放心地談論人類了不起的地方，大學時代他是辯論社的主將，有次進行一場哲學辯論時，他舉出許多例子描述人類創造文明刻劃時代有多麼璀璨，和他進行辯論的人不巧是個忠誠的教徒，立即就以「人類沒有你想像中的偉大，這世上最至高無上的存在是上帝，只有上帝才是真實的」，說完還高歌一曲哈雷路亞，當場讓奏星純興起想帶這位同學去看精神科醫生的衝動。

太爺不置可否的笑了笑，黎明升起的柔和光線照亮他的身影，可陰影處卻始終徘徊揮之不去的幽暗，儘管棲身在城市內極具時尚氛圍的咖啡廳中，卻有無以言喻的違和感，彷彿他不該佇立於此。

「有部紀錄片是敘述印度加爾各答的索納加奇賣淫的情況[9]，印度實施種姓制度，賤民的兒女也是賤民，永遠沒有翻身的機會，被身為妓女的母親生下來之後，可能生殖器官還沒發育完全就要接客，一次不到二十元，然後一輩子都靠著性交易賺錢。如果有後代的話，也會走上母親、祖母、曾祖母的道路。即使告訴她們未成年賣淫是違法的，那些少女們可能會告訴你警察也是嫖客，而且印度腐敗的政府不會改善索納加奇的狀況，那些女性終其一生都要如此卑微地活著，不知道什麼是人權，沒有道德倫理的概念，在她們眼中，男性只分兩種，一種是付錢享用她們的身體，一種是拿錢叫她們工作。」

這個男人提起索納加奇的賣淫環境時，用了很輕柔的聲音，既不指責也不感傷，可言詞中意外地顯露他對無產階級的同情。無產階級這個字詞源自於拉丁文proletarius，原本的意思是普羅大眾或者平民老百姓，在十九世紀被社會學家馬克思形容為沒有經濟能力與資本工具的人，這樣的人在社會唯一的貢獻就是傳宗接代提供人力，從此以後，無產階級這個詞正式走進社會學或經濟學。

「……」奏星純沉默聽著太爺平淡的敘述，不可思議，他對太爺這人有了更多好感，或者說，他開始欣賞這位古典暴力美學系男子。如果是奏星純描述索納加奇的賣淫情況，他可能會使用無產階級這一詞，乍聽之下無產階級比賤民更有深度，但實際上「賤民」這種不加裝飾、毫無遮掩的名詞相當實在地表現出「對，他們就是賤，但這不是他們的錯，而是整個社會環境讓這些人淪落至此」這樣的意境。至於無產階級，只是修辭文藻上聽起來很優雅，可比起賤民這兩字，無產階級完全是在藐視從事賣淫與沒有資本能力的人。

注釋

9　指《生於妓院》這部紀錄片，詳見本書 P.253 的詞條說明。

太爺又忽然話鋒一轉：「他看上了當時已經懷有身孕的女性，為了得到這名女性，他不擇手段地殺害女性的親友與丈夫，最終如願以償得到即將臨盆的妻子，誕生下來的孩子永遠也見不到自己的生父，儘管這個孩子是妻子與其他男性所生的後代，他仍舊要求這個孩子稱呼他為父親。孩子在他的教育下，六歲開始就沾染別人的血液，孩子十歲那年被他宣告只會扶養到十五歲，十五歲過後無論是否有謀生能力，孩子得離開他的視線自生自滅。」

太爺毫無來由地說了一段不知道是誰的故事，所幸奏星純一向是個邏輯力強、統合力極高的人，很快就判斷那個「他」應該是太爺名義上的父親，女性則是目前已經過世的母親，至於那名孩子，就是太爺自己。

「十五歲那年我成立你口中所說的圓環社，對大多數的人而言，販賣胎兒犯法、殺害國際刑警犯法、從事軍火交易犯法，我知道，但這個法律無法扭轉我過去的生長環境以及教育我的方式，因此沒有任何資格插手我用什麼方式生存，除非讓我徹徹底底消失在這世上，否則，我不會做任何改變。」太爺平淡說著。

……看來太爺對於國際刑警處處針對圓環社，以及他協助國際刑警調查圓環社這些破事，都讓古典暴力美學系男子相當不予置評。這就是奏星純目前為止的結論。特別是太爺說的「這個法律無法扭轉我過去的生長環境以及教育我的方式，因此沒有任何資格插手我用什麼方式生存」，這段話完全可以自動轉化成「老子小時候受苦受難時沒人替我擺平我老爸，現在哥長大了可以一手遮天搞得全部人雞飛狗跳時，這群條子卻要來擺平我，你們至不至於啊」，雖然奏星純認為太爺壓根兒就沒有把國際刑警的威脅放在眼裡，但路上三不五時出現絆腳石也是會煩。

「過去你年紀尚輕無法反抗父親給予的教育，可現在你有能力了，為何還要讓自己過這種生活？」奏星純問著。這個問題，同時也是他對鄰居最大的疑問。

「這種生活？」儘管語氣沒有什麼變化，可奏星純感覺得出太爺的情緒有了些微的轉變，「那麼奏先生，你如此積極調查圓環社，究竟是為了什麼？」

「我對你使用嬰兒來交易買賣這一點特別感興趣。」

「不是因為正義感嗎？」

「偷秦始皇棺木這種缺德事我都幹了，道德底線自然是低到不能再低。」奏星純原本想從懷裡掏出一根雪茄享受吞雲吐霧的快感，但不經意地看到牆上掛著「請勿吸菸」這個標示，只好打消抽菸的念頭。「雖然是這樣，我也還不至於到是非不分的地步，無法把殺人放火這種破事合理化。暗地觀察你以及圓環社，一部分是為了滿足自己的好奇心，另一部分，是協助國際刑警調查非法組織，對整體社會而言都有好處。」

「確實，我的作為就跟殺害新生兒沒有什麼兩樣，奏先生認為我不能這麼做嗎？」太爺雲淡風輕地問著，就像客人詢問櫃檯是否可以要一杯白開水般，如此自然。

這不是廢話？當然是不能做啊。如果是別人，奏星純會回答這一句同時送一個右鉤拳給對方，不過這個問題出自於太爺，此人的生長環境與所受的教育都與正常人截然不同，若是用自以為是的法規常理對他說教，搞不好這間咖啡店會成為命案現場。

「許多人經常把人不是上帝，無法擅自決定他人的生死當作廢除死刑或者反戰的理由，卻忽略男人與女人透過性交以及醫學方式產生後代，種種過程宛如扮演上帝這樣的角色，因此宗教與哲學都不足以構成人類禁止犯罪殺人的教義。以現實面來談，社會如果沒有訂立一套法則，人類就無法擁有教育文明還有歷史，正因為有一個規則在運行，人類的所作所為才不至於和野獸相同。今天你生活在這個社會上，享受法則帶來的和平與文化，維持且不破壞法則，我想是每個人都該天經地義遵守的事。可討論你的作為是對是錯不在我關心的範圍裡，我想知道的是，你這麼做的目的。」奏星純問著。

「在回答你這個問題之前，我得先問問奏先生了，你認為一個人不缺金錢也不缺地位的情況下，他會想獲得什麼東西？」

「健康與時間。」

「沒有錯，儘管文明與科技日新月異，可人類終究無法避免病痛衰老及死亡，醫學如何進步也有極限，這時只能仰賴旁門左道了，吃食新生兒獲得青春這種事乍聽之下毫無根據，但是，對貪得無厭的人而言，再怎麼荒謬也值得一試。」

奏星純知道和圓環社交易「奶粉」的人是什麼樣的身分地位，誠如太爺所言，當一個人有了金錢與權力時，最需要的就是時間與青春，購買新生兒烹調吃食藉此維持壽命，對普通人來說實在太天方夜譚，不過在上流社會裡這只是小小的口服藥用偏方罷了。

可話說回來，他一點也不認為吃嬰兒肉有辦法獲得青春或壽命，放眼中國五千多年來的歷史，食人的記載不少，早在商周兩漢時期就有食人現象，大多是因為天災人禍發生飢荒，逼不得已只好吃人。

春秋時代齊國的齊桓公身旁有個精通廚藝的人，名為易牙，齊桓公幾乎每天都享用易牙精心烹調的料理，吃著吃著竟也覺得膩了，某天齊桓公無聊之下說出「天底下珍奇的美味我都嚐過，只差沒吃過嬰兒肉」，易牙一聽，立刻把自己的長子烹煮獻給齊桓公品嚐。這位齊桓公最後遭到宦官關在皇宮裡活活餓死，身亡六十七天屍體上的蛆蟲爬滿寢室，才被他的兒子收屍下葬。

思考方式總是與他人與眾不同的表弟曾說過一段名言，讓奏星純印象深刻，他說「文明與理性教育人類成為人而不是野獸，儘管如此卻還是有脫序的現象，一旦脫序，那就是野獸的時間了」，讓易牙拋棄道德倫理殺害親生子做成料理獻給君王，以及上流社會面不改色去買嬰兒肉吃食，這是他們的野獸時間嗎？或許是、或許不是，但可以肯定的是，人類建立秩序與法規是為了讓這個社會能夠穩定地發展下去，而不是把人類世界變成豢養野獸的牢籠。

「所以你販賣嬰兒是因為能獲得龐大的利潤嗎？那些嬰兒你是從何取來？」奏星純冷靜開口，可內心完全是波濤洶湧。若太爺無動於衷地告訴他「嬰兒取得方式百樣種，你知道第三世界國家多的是人口販賣，我可以用五元美金不到的價格買到嬰兒，接著再用八千美元賣出」，假使太爺真的說出這種話，奏星純會決定無論要付出什麼代價，也要讓這名青年從這個世上徹底蒸發。

「目的當然是為了獲得龐大利潤，至於取得方法……不看紀錄片的奏先生應該對娛樂片比較感興趣吧？」

「娛樂片倒是常看。」

「電影惡靈古堡系列第五集天譴日呢？」

「居然是惡靈古堡嗎……」奏星純頓時扶額。初塵是惡靈古堡這款遊戲的忠實玩家，雖然經常把「惡靈古堡的遊戲還可以玩，但電影改編得不怎樣」這句話掛在嘴邊，可每次上映都會去電影院買單，而且很自動自發地多買一張票，逼得奏星純不得不陪他去看電影。

「看過啊，我每集都有看……」這句話奏星純說得特別無力。

「沒想到你是這個系列的愛好者。」太爺覺得不可思議地笑了。

奏星純趕緊澄清，「絕對不是，我是被友人拉去看的。」

「裡面有一幕是大量生產複製人的場景，你有印象嗎？」

「……」真是明顯的提示。奏星純心裡有底地說著：「你的意思是，圓環社用大量複製的方式取得嬰兒？」

「用大量試管嬰兒的方式取得。市面上的試管嬰兒技術等同體外人工受精，將精子與卵子取出在人為技術的操作下受精後培養成胚胎，接著將胚胎植回母體內，讓胚胎在子宮自然成長。不過這樣的方式對圓環社來說太慢也太麻煩，因此我們採取的方式是，讓胚胎直接在試管內成形，之後放入人工羊水裡運送到客戶手中，整個過程只要二十週。」

二十週，比醫學認定的足月[10]還整整少了十九週，這樣的胎兒肯定無法太健康……雖然有沒有健康都不重要了。奏星純暗自嘆了一口氣。

「好吧回到原來的疑問，你現在已經能自力更生，為何要用這種方式生活？先不談販賣試管嬰兒是否在剝奪多數生命，現在跟你談道德跟法律都太遲了，我只想問你，依你的才能手腕應該可以選擇更正當的方法活著，可你從未這麼做，是沒有想過，還是曾經想過但仍舊選擇這一條路走？」奏星純問著。

「這就是你的人定勝天理論嗎？」太爺難得露出些微輕蔑的表情，「奏先生，你是養在溫室裡被呵護長大的人，無法理解終其一生都得活在地下水溝裡不見天日的褐鼠，牠們生存的方式也是情有可原。我六歲就開始過這樣的生活，沒有學歷，儘管我精通多國語言以及各種險境求生技巧，那都是因為我的生活上用得到。如果解散圓環社，你以為國際刑警會放過我、與圓環社敵對的組織會讓我逍遙法外嗎？這是不可能的。我無能為力選擇出生的地方，也無能為力改變教育我的方式，因此，我將自己所生所學的一切歸還給這個世界，很公平。」

這個男人把「養尊處優的人無法理解現實世界有多殘酷」這種事歸納為「情有可原」，某方面來說，自己完全是被太爺藐視了吧？奏星純暗自想著。坊間流傳法國瑪麗皇后曾在人民餓到沒麵包吃時，回應「沒有麵包吃為何不吃布里歐[11]」，後來證實

注釋

10 足月：指的是胎兒在母體內成長充分可以準備生產。2013 年的時候醫學界定義足月是懷孕三十九週到四十一週，在三十九週之前出生是早產，四十一週後出生是過期妊娠。

11 布里歐：Brioche，法式奶油麵包，誕生於十七世紀，是當時相當有名的甜點。

瑪麗皇后從來沒有說過這樣的話，但奏星純不禁覺得他詢問太爺「你已經可以脫離那樣的環境，為何還讓自己過這種生活」就跟沒有麵包可以改吃法國高級甜點一樣愚蠢。

奏星純頓時明白為何太爺會提到印度索納加奇的賣淫狀況，就跟這位古典暴力美學系男子一樣，從小就被教育得用這種方法過生活，長大以後就算有人告訴他這樣是不對的，恐怕他也會提出質問「如果這樣是不對的話，為何沒有人去阻止那個教育我的人？現在反過來要糾正我的不是，這個社會的對和錯到底有沒有依據」，但奏星純原本就不是什麼人品高尚的正義使者，如果他內心還有道德法規在的話，根本不會幫助辛紅縷去詐騙那家大型企業只為了偷渡秦始皇的棺木。

太爺會將自己的過去告訴他，目的應該不是為了獲得他的認同或讓步，這個世界的人口在西元二〇一一年時突破七十億大關，未來的三十年內將超越八十億，十幾億的個體密集散布在地表上，倘若這麼龐大的生命都沒有半個能理解自己的話，縱然人類的數量超過百億仍會感到孤單。雖然奏星純認為太爺說不定是地表上最不怕寂寞的人類，可如果真的對孤獨無所畏懼，這個男人不會去飼養秦始皇。

無論太爺抱持什麼想法，奏星純都清楚一件事，對太爺而言，國際刑警也好、他奏星純也罷，都對圓環社構成不了威脅，憑太爺的能力，要擺平星塵偵探社輕而易舉，之所以還任憑他調查「奶粉」的交易來源，純粹是一種餘興罷了，正因為沒有威脅，太爺才能雲淡風輕說出過去的事。

說奏星純全然沒有半點感覺是騙人的。

在太爺委託他尋找鑾鑾時，他就運用各種手段和管道調查過這個男人的底細。這個人的母親在他十歲那一年舉槍自殺，所以名義上的父親才會宣告只扶養他到十五歲。

奏星純不認為太爺在十歲之前有獲得母親的關愛，這名女子親眼目睹愛人慘死在她面前，而她必須和殺害愛人的男人共同組織家庭，這樣扭曲變質的關係使這名女性越來越憂鬱，最終走上自我毀滅一途。儘管奏星純也調查到太爺的姓名，可他相信這個男人已經捨棄原本的名字，因此他過去到底叫什麼已經不重要了。

奏星純發現自己對太爺會如此追根究柢、甚至有些同情，是因為他把自己對鄰居抱持的疑問與不解投射在太爺身上，這兩人明明都能選擇其他方式生活，到頭來還是用野獸思考去征服這個社會，這樣的行為說穿了是報復心態。

「如果你有後代，也會這麼教育他嗎？」奏星純低聲問著。

「……」太爺愣了愣，恐怕沒想到奏星純會丟出這個問題，不發一語過了幾秒後，他回答：「真是尖銳的問話，可惜在十五歲那年我發現自己有戀屍癖，只要是活的，無論是男性還是女性我都沒興趣。」

Unbelievable。

奏星純差一點就要把口中的茶噴出來，幸好他有穩住，戀屍癖雖然是個不得了的性癖好，可他也認識對動物抱持特殊情感的人。高中時代奏星純與校內一位頗富才情的學長有不錯的交情，該學長要出國深造前說了：「有件事我想對你坦誠，前些天我拿了好幾張野狼的照片給你看，那隻狼是兩年前我去深山拍攝野生動物時所認識，我們是戀人這樣的關係。你若覺得噁心想和我斷絕來往我不會怪罪你，會說出來只是覺得和你之間一直存在祕密是一件很痛苦的事。」

那時奏星純只對戀人是公的還是母的這層面感興趣，聽到學長生硬地說出「Male」這個詞，奏星純深深感受到愛情之所以偉大是因為它可以超越種族、性別和言語……

「所以你想飼養秦始皇，是因為他不算活人這個理由嗎？」儘管辛紅縷說秦始皇到現在還活著，但奏星純認為這個被關在地下陵墓數千年之久、不吃不喝的皇帝已經無法被稱為人了。

「可以說是，但也並非全是為了這個原因。」伴隨玻璃窗外的天色越來越明亮，咖啡店也逐漸增加了客人，太爺原本就避諱暴露在人群之中，索性起身離開咖啡店，奏星純知道太爺的性子，沒有多說也沒有多問跟著來到外頭。

早晨溫和的日光照射在太爺身上，奏星純從他的背後望向眼前這抹身影，打從第一次看到太爺那刻起，奏星純就深深覺得這男人可能是世上最不適合站在陽光底下的人，那身無以言喻的幽暗與陰霾，註定太爺這一生都與世俗常理背道而馳。

「嬴政跟我的父親真的很像，缺乏正常的情感，只知道要用權勢與地位掠奪自己想要的東西，拜他所賜，我的一切全都被他奪走了。」太爺說著，語氣冷淡得彷彿在談論別人的事情。

「因此，我要他代替父親全數連本帶利償還給我。」這男人停下腳步，回頭看著奏星純以近似自虐般的語氣開口。

「代替父親，愛我。」

Episode 3

無盡抱擁 · 後日談

「我聽說天才無論學什麼都出類拔萃，用天才來形容奏先生你，我想相當合適，但……」

彷夕暮嘆了一口氣，帶著苛責的眼神瞄向一旁為了搶救鍋子裡的料理正忙得不可開交的奏星純，「之前紅縷就有向我提起你的廚藝有很大的進步空間，昨天在電話裡你說不想給紅縷困擾，因此要我指導你下廚的手藝，實在話，連我都聽得很感動，原本以為奏先生這般才高八斗，上知天文下知地理無所不知，小小的清蒸魚應該不是問題，沒料到你居然會把魚煎到焦黑……你為何要如此改變我的人生觀？」

「有時間在那邊說風涼話倒不如跟我一起來救魚。」奏星純趕緊把爐子的火關掉，可惜為時已晚，那條魚焦黑的皮已經跟鍋子緊緊相連再也分不開了。

一時之間廚房瀰漫著濃厚的燒焦味，奏星純無奈地嘆了一口氣，把窗戶全都打開後，自暴自棄地從冰箱裡倒了一杯酒悶悶地喝起來，「別再說什麼天才做任何事都出類拔萃，就算是愛因斯坦也有寫錯方程式的時候，欸，不談這些了，反正我的廚藝就是差，紅縷大可選擇吃或者不吃。」

「虧你昨天還信誓旦旦跟我說要給紅縷一個印象極深的驚喜，瞧瞧你現在講了什麼……」彷夕暮扶額說著：「算了，紅縷對你總是特別容忍，就算你端出來的飯菜比路邊攤還差，他頂多就是不會吃完而已。」

「對我特別容忍嗎……」奏星純暗自咀嚼這段話。

突然想起辛紅縷將秦始皇讓給太爺這件事，距今都過一個月了，他始終不明白為何辛紅縷要這麼做，一蓮托生恐怕和縷紅新草一樣是個歷史悠久、謎團很多的黑店，理所當然走私買賣的管道絕對超過一百零一種，就算沒有太爺的協助，一蓮托生今後也絕對能悠悠哉哉地進口一些稀奇古怪的生物。因此，辛紅縷為何要答應太爺這樁交易，這完全不符合青年吃人不吐骨頭的本色。

「紅縷會這麼簡單就把秦始皇讓出去，你是否知道原因？」奏星純望向彷夕暮，這名娃娃臉畫家或許瞭解辛紅縷的打算。

「原因？」彷夕暮笑了笑，「紅縷會這麼做，全是因為奏先生你啊。」

「因為我？」奏星純疑惑地開口。

「飼養秦始皇的那個男人先前派人試探你兩次，第一次使用狙擊槍在你的肩上留下槍傷，第二次是你與紅縷去英國時半路攔截你的去路，無論你與那個男人是否維持亦敵亦友的關係，對紅縷來說，他曾在大庭廣眾之下攻擊你是事實。這意謂什麼呢？意謂這男人如果有心想要取走你的生命，易如反掌到有如喝開水般輕鬆，可惜這不在紅縷的計畫內，奏先生這一生只能被紅縷逼到走投無路，而不是被其他人反將一軍。我想那個男人肯定心知肚明，紅縷會和他交易是因為奏先生你的緣故，這個交易其實是建立在你這個人身上，只要你的生命安全不再受到那男人的威脅，這筆交易就可以毫無顧慮地進行下去。」彷夕暮靠在餐桌旁輕聲說著。

「很遺憾，我這輩子不會栽在他或太爺的手中，因此紅縷這次確實多慮了，他大可利用秦始皇需要人魚肉這點和太爺進行更精明的交易，結果居然只是要太爺幫忙走私……」奏星純原本要說出「況且，把我當作交易籌碼，紅縷他是否太低估我的能耐」這番話，但腦中無意間回想當初辛紅縷知道他受槍傷後，特地來星塵偵探社探望他，那個孤高冷淡的辛紅縷也會有這麼溫情的舉動，看來太爺不惜在大庭廣眾之下要狙擊手開槍這事，讓這名青年很是忌憚吧。

青年為何要做到這種地步？

是因為青年把他當作收藏品嗎？

還是說，對那位內心宛如深淵絕境般毫無感動的青年而言，「奏星純」這三字有其他的意義？

不，現在探討這些不過就是毫無根據的自我猜測，奏星純相信無論辛紅縷對他抱持何種觀感，他與那名青年的關係仍是互相布局，彼此都視對方為理想的對手。

「奏先生，在此我想奉勸你一些事。」

端著一張人畜無害的娃娃臉，再加上彷夕暮的聲音無論怎麼聽都沒有半點殺傷力，可惜的是他所說的話簡直是核彈等級，「不論是秦始皇的棺木還是非法組織，憑紅縷的能耐他都能手到擒來，在你認識他之後，紅縷所採取的手段比起以往都特別溫情人道，我甚至可以對你坦承，不論是安德華拉諾特這枚戒指，還是始皇帝嬴政，紅縷想要的東西不出半天就能落入他的手中，可他卻還是委託你處理，奏先生知道這是為什麼嗎？」

「你說看看。」儘管心裡大致有個底，可奏星純還是想知道彷夕暮的想法。

「倘若紅縷使用自己的方式解決一切難題……抱歉我用錯詞了，紅縷的字典裡沒有難題這兩字，我只好改為餘興，他解決餘興的方式自然不是一般人有辦法理解的，這樣的紅縷對奏先生你來說像個人類嗎？」彷夕暮笑了笑，「當然，紅縷也不是每一次都會用這麼極端的手法，既然活在人類世界，理所當然要用人類的方式過活，太離經叛道或怪力亂神都會招來他人的反彈。」

「……」就算他沒有這麼做，對我而言，辛紅縷也不像是個「人」。這個念頭只在奏星純的腦內存在零點零一秒，隨後完全消失無蹤。他明白，如果他真的把這句話說出口，彷夕暮絕對會丟下一句「你不要再去縷紅新草了，你沒有資格踏進去」，然後立刻走出大門。

事實上，吸引奏星純的，正是辛紅縷介於人與怪物、異形、惡魔……後面能代入的名詞實在太多了，總之，就是那種介於人與非人的思考及形象，讓他深深感覺到前所未有的危險和刺激。

假如辛紅縷一開始就擺出「我不是人類」這樣的印象，縱然奏星純再怎麼喜歡挑戰未知的領域，他也會對「不是人的辛紅縷」敬而遠之。

說到底，他會對辛紅縷這麼執著，最主要的原因在於——直到現在，奏星純仍不知道這名青年的底細。

那名青年是人嗎？他不知道。

那名青年不是人嗎？他無法肯定。

「你說這番話的用意是……想奉勸我全心全意地 focus 在辛紅縷身上，不要去搭理路旁的花花草草嗎？」奏星純輕笑說著。

「天才的領悟力果然不是一般高，要是廚藝再好一點就更完美，但不要緊，你就算廚藝不佳也確確實實能得到紅縷的注意，光這一點就足以讓我羨慕嫉妒恨。」彷夕暮看了看時間，說完「這幾天找空檔去古董店露個臉吧，畢竟紅縷這回可是把秦始皇便宜送給別人，你不覺得怪可憐的嗎」便離開了。

「哈。」目送彷夕暮離開，奏星純隨即整理滿目瘡痍的鍋子與流理台，不經意地看到冰箱上的自黏便箋，上面只寫著短短一行字：2015／9／17。

算算看，距離九月十七日還有一段時間。這個自黏便箋已經發黃了，畢竟是十一年前的東西，大學時代他去探望隔壁鄰居，向監獄的人打聽這傢伙什麼時候刑期結束，得到了20150917這串號碼。

事到如今，他再也不認為太爺與鄰居有什麼地方相像，兩者有截然不同的背景與心態，前者是個會說出「代替父親愛我」如此壓抑情感的人。至於後者，奏星純想起他第一次同時也是最後一次去看鄰居時，兩人的對話——

「星純，你看過安妮法蘭克[1]的日記嗎？」

「知道這號人物，但我沒有看過她寫的日記。」

「真是可惜，雖然日記出自一名小女孩，不過挺有看頭的，我到現在還深深記得安妮日記最後一篇的最後一句話。」

「是什麼？」

「要是世界上沒有其他人就好了。」

過往的回憶隨著時間流逝已漸漸模糊，只有那個人說這句話時的表情讓奏星純始終沒忘記。

他知道那個人為何會去看日記，不是同情猶太人的處境也不是文藝心態作祟，那個人尤其獨鍾日記最後絕望的語句，純粹只為了——

喜歡如此殘酷的時代。

20150917，It's time。

注釋——

1 —安妮法蘭克：世界二次大戰猶太人大屠殺中著名的受害者之一，死時年僅十五歲。她從十三歲開始寫日記，直到她被帶去集中營為止。二戰過後，她的日記出版，廣泛受到許多人的喜愛與關注。

Dark Secret

這裡有兩個小祕密。

被父親宣告只會養他到十五歲的太爺，同一年發現自己有戀屍癖。他的父親之後下落不明。

太爺與他母親有幾分相似，留了長髮更是相像了。

飼養秦始皇的原因是嬴政與父親的性格雷同，因此他需要嬴政代替父親——十歲那年母親自殺以後，父親將他當作是那名女性的替代品，無法忍受父親呼喚他時是用母親的名字，他在十五歲那年結束了這段畸形的關係。

這名精神上有異樣情結的暴力美學非法分子，至今仍是VIRGIN。

第二個祕密，無法理解情感的青年只要觸及這方面的話題，總是會露出訝異的表情。他目前為止從未說出「愛」這個字。

第1.5篇

插曲之一

「主子真是壞心呢。」

「我只看價值，不看前因後果，有這樣的慾望，就有這樣的買賣。」

「遺憾的是我們大概做不到奏爺的生意，要是奏爺再貪婪一點就好了，這絕對會成為我們縷紅新草至高無上的交易。」

「正因為契約書裡永遠不會簽下他的名字，他才有資格進出這裡。」

The part of article

染彩是空

這是發生在奏星純正式遇見一蓮托生的店長之前的意外小插曲。

大概是彷夕暮指導廚藝兩天後。

早上九點奏星純要進去辦公大樓搭電梯時在樓下看到幾名便衣刑警。奏星純確定這票人是條子的原因在於這些人的長相他都認得，頓時心裡生起下午再去上班的念頭，遺憾的是條子們已經發現到他了，而且還露出燦爛的微笑走過去和他寒暄。

在那瞬間，奏星純突然想起今早出門時還聽到電視機播出的十二星座本日運勢，他這個星座最近特別衰運……

「早安啊奏先生，今天的天氣有點糟你說是不是？凌晨五點就開始下毛毛雨，濕氣這麼重真討厭哪！」刑警笑了笑。

唉，這群人講話還是那麼油條。奏星純嘆了一口氣，很是無奈地比了比電梯，「一起去辦公室躲雨吧。」

「奏先生總是這麼客氣呢。」於是這群身上穿著薄外套掩人耳目、但腰側都插著一把半自動手槍的便衣刑警們愉快地和奏星純一同去偵探社翹著二郎腿喝麥茶，條子們也不囉嗦，踏進偵探社二話不說便把一只牛皮紙袋遞給奏星純，「前三天搞出來的事，你自己看看。」

「……」三天前？這不符合刑警的委託速度，想當初酒店大戶猝死化灰事件[1]條子以迅雷不及掩耳的速度連絡他來處理，除此之外，圓環社以及拉斯維加斯新型毒品流通調查這些事也是在第一時間與他聯繫，這次卻拖了三天，究竟出了什麼亂子？

奏星純滿腹疑惑地打開牛皮紙袋，裡面是一家四口全身毫無外傷死在臥房或者客廳的照片。

一些照片有拍到屍體各部位細節，像是頭髮些許脫落、指甲出現白色橫紋等。

注釋——————

1 關於這個事件請見《縷紅新草》上集的第四篇黃金聖杯。

「砒霜中毒。」奏星純肯定地說著。

「Bingo。」刑警讚賞地拍了拍手，「驗屍報告也是寫砒霜中毒，但奇怪的是，調查過這家人的飲水及食物都沒有砷[2]的成分，而且，負責調查這家人的小組進去這屋子以後，也都有砒霜中毒的現象。」

「這屋子的空氣有問題，不過看來你們還不知道原因出在哪裡。」奏星純把照片放回牛皮紙袋後，面不改色地享用早上買的咖啡。

這些年各式各樣死法和形形色色的屍體他見過不少，想當初他第一次看到面目全非的屍體照時，還會緊緊鎖著眉頭，那時他才剛和初塵創立星塵偵探社，至於現在，一邊吃飯一邊看照片是日常生活。「請幫我準備防毒面具和全套防護衣，弄好了我隨時都能……」

「已經在車上了。」不等奏星純說完，刑警就露出老謀深算的表情開口：「你應該隨時都能跟我們去這間豪宅吧，現在就出發如何？」

「嘖。」奏星純慢條斯理地把咖啡拿去冷藏，順便發一封電子郵件給初塵交代自己的行蹤後，就搭上刑警的車了。

「被害者一家相當富有，男主人經營貿易、同時也是知名連鎖高級飯店的股東，女主人有個私人上流俱樂部，只邀請身家上億的富太太或名媛加入，這對夫妻有兩個孩子，都就讀英國最有名的貴族學校伊頓公學，想不到放假期間回國看看父母就發生這樣的事。」刑警邊開車邊說著。

何止是相當富有，簡直是富有到超過。

奏星純記得他看到女主人的照片時，她的脖子上戴著卡地亞的鑽石皇后項鍊，男主人的口袋插著黃金漆手繪的鋼筆……又不是要出門參加聚餐或派對什麼的，在家裡待著也要穿金戴銀，實在過於炫富。

「他們有親戚嗎？」奏星純問著。

刑警立即詳細說明：「男主人有一位親弟弟，專門接美術館的委託製作複製畫，他曾經畫過梵谷、高更的名作，據說連鑑定師也無法分出原畫和複製畫的差別，技巧精湛因此收入頗豐。女主人有兩個姊姊，大姊嫁去杜拜王室，二姊三年前和瑞典王室

注釋——

2 砒霜是三氧化二砷，是砷的化合物。

成員結婚，但男方很喜歡去外面偷吃，致使女方三不五時就回國找妹妹哭訴。附帶一提，這位二姊目前還待在國內，她堅持妹妹一家是遭人設計殺害，要求警方無論如何都要在近期內查個水落石出。拜這位太太所賜，瑞典外交官這幾天一直對我們施壓，煩都煩死了。」

「說到這個，這家子的事怎麼沒上新聞？」奏星純對此有些疑惑，國際企業搞丟秦始皇的棺木都可以連占好幾天頭條的版面，反觀富豪一家死到不能再死卻沒登上新聞，究竟是怎麼回事？

「一言難盡，瑞典那邊大力把這案子壓下來了，他們不想讓外界知道王室的皇親國戚閒閒沒事死在家裡時，身上還戴著昂貴的飾品與名牌鋼筆。但我覺得他們只是怕麻煩，杜拜的王儲隨便出門戴的就是亞曼尼墨鏡，獅子拿來當寵物，名下有賓士、藍寶堅尼等多款跑車，人家都這麼高調炫富了，同樣都是王室的瑞典就算盡量裝低調，別人也覺得他們過著極致享樂的物質生活。」刑警不以為然地回應。

「杜拜原本就是極端炫富的國家，拿瑞典跟杜拜相比你未免也太對不起瑞典，杜拜是個隨處望過去滿街超跑、有錢人養豹和獅是常態的地方，儘管奢華浮誇，這個地方卻有大量的破產人士藏匿於機場或沙丘之中，且杜拜對外籍勞工的待遇不是普通的苛刻。相反瑞典的社會福利完善，不只是國人，甚至外籍人士都享有一定的保障。」

意識到杜拜的生活水平如何根本與案情無關，奏星純很快又繞回原來的話題，「此時此刻不是討論杜拜和瑞典有何不同的時候，既然一家四口沒上新聞也就算了，我想問你一件事，男主人的弟弟結婚了嗎？」

「他結婚五年，與妻子共同領養一名九歲的男孩，他深愛妻子，對養子也很照顧，就某方面來說，弟弟的生活比男主人充實且健康。」

奏星純點了點頭，他並不討厭在接收情報的同時還聽到對方主觀的評價，偶爾這些評價也是重要訊息的一部分。

「富豪一家子有請傭人吧？」

「有，總共二十人，負責打掃煮飯、修剪花草、開車接送以及護膚美容，但這幾天碰巧遇到清明節，傭人們也是有祖先及家人要祭拜的，因此全都放四天的假了。」刑警回答著。

如果一家四口真是遭人設計殺害，那麼兇手特別挑選傭人全都不在的時間動手還真是良心來著。奏星純暗自想著。不，這很有可能是湊巧，如果有傭人不用掃墓的話，或許會留在豪宅裡面也說不定。

那麼，一個非常重要的問題來了。

凶手只打算殺害這家人，因此他料定二十名傭人都不會待在豪宅裡才出手。以及，凶手確實要殺這家人，但有沒有波及傭人不在他關心的範圍內，這家子四人一定得死，不過多死幾個他一點也不在乎。

截然不同的兩種心態關係凶手犯案的動機，可無論是哪一種，這些推測目前全都是假設，得親眼看到實際現場才行。

快中午時，他們才抵達超級豪宅，用「超級」這兩字一點也不為過，四百坪的豪宅有獨立游泳池、花園、健身房，只差沒有馬場和停機棚。

比起早上，雨下得更為綿密，處於半山腰的豪宅飄散著難以言喻的濕氣，穿上防護衣的奏星純跟隨刑警的腳步走進奢華的大廳，一入眼就是華麗優雅的紫水晶吊燈與海神波塞頓藍色水晶花瓶……老實說，把清新透明感的藍色和妖異濃豔的紫色放在同一個空間裡，需要與眾不同的美學和獨特的美感才行，正如奏星純無法想像一大串葡萄融入碧藍的海洋中是什麼狀況，可以肯定的是那串葡萄如果沒有放太久，應該還可以洗一洗繼續吃。

回到裝潢設計這個話題。

豪宅的大廳有吊燈和貴到嚇死人的花瓶，擺在同一個空間裡其實挺好看，室內設計師相當厲害，能夠把兩種格格不入的物品用極為巧妙的方式一起呈現，儘管對奏星純來說，他會覺得賞心悅目有一半的原因是源自於大廳的壁紙。

是以綠色為基調的手繪壁紙，在設計上及圖樣上都能看出製作者的巧思，如此大面積的壁紙籠罩整個大廳，增添上流世界的繁華奢侈感。

「不論是水管還是空調都找不到可疑的地方，真令人納悶這家子是怎麼中毒死亡的。」刑警疑惑說著。

奏星純沒有搭理他，反而專注地看著壁紙，像是在欣賞藝術品一樣。

「喂喂，你應該知道我們是來研究砒霜中毒的原因，而不是鑑賞豪宅裝潢吧？」刑警看到奏星純盯著壁紙的模樣，忍不住催促了幾句，「別光是站在這兒了，我們要是不快點給個交代，信不信瑞典王室親自來關切？」

對刑警的話無動於衷的奏星純看了壁紙好一陣子，終於開口扼腕說著：「實在太可惜了。」

「可惜什麼？」刑警不解問道。

「維多利亞時代流行一種又深又鮮豔的綠色壁紙，此種綠色被稱為席勒綠（Scheele's Green），研發這種綠色顏料的人叫作卡爾威廉席勒（Carl Wilhelm Scheele），他是當時相當知名的藥劑師與化學家。」奏星純說到這裡，突然改變話題問了一個風馬牛不相及的事，「對了，你知道拿破崙怎麼死的嗎？」

「胃癌。」刑警一秒答出。

「答對一半，一九八〇年代生物化學家檢驗拿破崙的遺體時，發現他有砒霜中毒的現象，他在滑鐵盧戰役慘敗後，遭流放到聖海蓮娜島，這個位在大西洋上的小島屬熱帶海洋性氣候，即使是最冷的冬季也有一定的降雨量。」

「這跟一家四口砒霜中毒有什麼關聯？」刑警不認為奏星純說這麼多只是想補充日常知識，會提到席勒綠和拿破崙一定有什麼用意。

「非常大的關聯，在於使用席勒綠製作的壁紙只要環境潮濕，就會讓砷滲透到空氣中。」奏星純戴著手套摸了摸瑰麗的壁紙，同樣用感慨的語氣說著：「席勒綠含有亞砷酸銅，也就是砒霜，這種美麗的綠色毒害維多利亞時代上千萬個家庭，同時，對於喜愛它的貴族來說，是奢侈的慢性毒藥。」

「你的意思是，這壁紙有毒？」刑警不可思議地看著這一大片壁紙，「確實，水管、空調甚至冰箱我們都搜查過了，唯獨就是沒調查壁紙。」

「以偏概全的心理學就是這麼一回事吧，對大多數的人來說，昂貴的物品通常不會出問題，而這片手繪壁紙一看就覺得價值不菲，又有誰會懷疑它帶有毒性？只不過，那個男人把自己的巧思與手藝用在這種地方，真讓人感到遺憾……」

自顧自地說完最後一段話後，奏星純望向刑警像是做下結論般地講道：「壁紙八九不離十是出自於男主人的弟弟，擅長複製名畫的他理當精通各種顏料的製作和搭配，十九到二十世紀有不少畫家使用祖母綠，這種綠色非常美但在所有顏料中毒性最強，畢竟它富含砷與銅，在歐洲已經完全停產，現在的祖母綠因為不含鉛的緣故，沒有十九世紀的顏料來得鮮豔，可以這麼說，祖母綠已經在二十世紀絕跡了。你說那位弟弟複製過梵谷的畫還逼真到讓鑑定師無法分辨真偽，唯一的方法就是完全仿造梵谷的畫技以及製作當時的顏料。梵谷的油畫顏料常使用象牙黑、祖母綠等顏色，前者從碳化的骨頭與角質所提煉，是最深的黑色，而後者帶有劇毒已停產，如果無法使用當時所使用的顏料，複製畫的馬腳很快就會露出破綻。」

「沒想到居然是這樣……」刑警愣愣地環顧這片瑰麗的壁紙，看到大廳落地窗外飄著細雨，他似乎明白這一切的關聯，「弟弟在雨季來之前將這片壁紙送給男主人，這麼一來，伴隨雨季來臨，壁紙就會因為潮濕而使砒霜滲透在空氣中。但要是男主人沒有讓傭人休假，豈不是二十名傭人也跟著中毒身亡了嗎？」

「我想他大概算準傭人在清明節都會休假去掃墓才這麼做，會這麼肯定的理由是，若傭人有留下來，那麼細心照料富豪一家的傭人應該會把除濕機打開。」奏星純瞄向靜靜佇立在大廳角落的清靜除濕機，明明有自動除濕功能，但悲傷的是它沒有插上電。「一家四口需要二十名傭人服侍，這意謂著什麼刑警先生很清楚對吧？」

「連一點小事也要傭人去做的意思嗎？」

「完全正確。」

奏星純來到屋外，把身上的防護衣卸下後，迫不及待地深呼吸外頭新鮮的空氣，方才戴著防毒面具差點悶死他，吸進肺裡全是面具獨特的氣味，「接下來就是你們警方的事了，檢驗壁紙含有砒霜後就去找弟弟聊聊吧，我倒是想知道他這麼做的原因，要是報告出爐煩請刑警先生你寄一封電子郵件給我，多謝了。」

跟著來到外頭的刑警忍不住問著：「你居然能一眼就辨別出那是席勒綠……究竟是怎麼辦到的？」

「委託費會告訴你我是怎麼辦到的，請做好心理準備。」算算時間也差不多了，果不其然，初塵一臉不悅地開著車來到他面前，整張臉就寫著「你有兩條腿多走幾步就能回到辦公室了，老子日理萬機還得兼差當司機你夠不夠意思」這麼哀怨的表情，奏星純見狀只是敷衍地聳聳肩，向刑警丟下一句：「先走了，後續你自己搞定。」便搭車回市區。

怔怔地目送奏星純離開，刑警沉重嘆了一口氣喃喃說著：「我都忘了，這傢伙收費超貴的。」

抱怨幾句後，刑警便拖著疲憊的心情，繼續處理一家四口全上西天的事。

「那麼，為什麼男主人的弟弟要做這種事？」一邊幫辛紅縷倒紅茶一邊聽奏星純談起前幾天處理的委託，銀蓮花難得好奇地問著：「連兩名還未成年的姪子也不放過，是什麼原因致使弟弟做到這種地步？」

「他的妻子原本身體就不好，因此他寧願領養孩子也不想讓妻子承擔懷孕生產的風險，可萬萬沒想到妻子被醫生查出罹患了絕症，他想要讓妻子接受美國約翰霍普金斯醫院[3]妥善的照顧，但這家連續二十三年被評為全世界最好的醫院無時無刻人滿為患，如果不動用關係很難躺在這間醫院的病床上，因此，他只好拜託身為瑞典皇親國戚的兄長周旋這事。」

奏星純淡淡說著，語氣帶著明顯的同情，「兄長拒絕了，他不想要讓瑞典王室知道自己的弟弟從事複製畫，兄長可能長期對弟弟的職業感到丟臉，這幾天我有去調查這兩戶家庭各別往來的友人，得知這對兄弟平常沒事絕對不會來往。」

「既然如此，那為什麼男主人還要接受弟弟贈送的壁紙，他不是看不起弟弟嗎？」銀蓮花追問道。

「因為女主人覺得好看，和大廳的紫水晶吊燈與花瓶搭配起來太過合適，所以女主人收下了。」奏星純不置可否地笑了笑，「真是可惜這個人居然把獨到的美感用在錯誤的地方，他明白這片壁紙要怎麼構圖與設計才能擺在富豪的家裡，每一個用色他精心算計，每一個圖樣他謹慎下筆，有這樣的技藝與美學，就算不再從事複製畫改而走向原創，也絕對能在畫壇占有一席之地。當然，現在說這些都太遲了。」

「由於無法讓妻子得到妥善的醫療照顧，弟弟才決定殺害兄長一家嗎……」銀蓮花低聲呢喃著，「完全無法理解這是什麼樣的心思，即使不去約翰霍普金斯醫院，應該也可以去其他高水準的醫院吧？」

「惡魔就在細節裡啊，為了複製一模一樣的梵谷，即使是內含劇毒的祖母綠顏料

注釋——

3 約翰霍普金斯醫院是位於美國馬里蘭州巴爾的摩市的大型綜合醫院，曾創造醫學史上多項第一，包括第一例完全變性手術、第一例心臟搭橋（冠狀動脈繞道手術）等，此外，發現腦內啡以及使用心肺復甦術也是從這間醫院開始。

他也能心平氣和地製作出來，明明有極高的藝術美感卻從事複製畫，那是因為他摯愛的妻子曾說過很想獨攬他所有親手設計的畫作。於是這名畫家把他最好的東西全留給妻子了，使用無比天然且無害的顏料，在畫布上勾勒他的癡情，這些曠世巨作只有妻子能看到。唯獨那片壁紙，他遺留在妻子視線之外的作品，用濃度極高的砒霜所完成，想必誰也不能真正地擁有它……」說到這裡，奏星純抬頭看向辛紅縷，略為試探性地問著：「紅縷對那片壁紙有興趣嗎？」

「……」辛紅縷沉默了三秒後，答非所問地開口：「我想問純君，讓畫師做到如此地步的情感是什麼？」

奏星純微微一愣，恐怕沒想到辛紅縷會這麼問，可也很快就反應過來地回答：「他對妻子無以復加的迷戀，致使他絕不允許任何人阻擋在他眼前，即使是與他有血緣關係的人。」

「……」辛紅縷默不作聲地看著眼前顏色明亮的紅茶，不知是在思考如何接話，還是對奏星純的話感到困惑。

「不用去思考其他人的情感，紅縷。」奏星純喝了一口白蘭地奶茶輕聲說著：「即便是我，也無法明白畫師為何會有這樣的感情，人是思考與情緒相當複雜的生物，沒有人可以精確地為自己或為其他人做下註解，因此你無須從旁推敲畫師的情感有什麼成分。」

辛紅縷略為訝異地抬起頭，隨後露出困窘的笑意開口：「一如既往，純君仍是如此溫情。」

「你可以當作我是迴避你接下來可能會產生的問題，要是我繼續繞著畫師與妻子的事打轉，這話題只會沒完沒了的下去。」一把白蘭地皇家奶茶喝完，奏星純和縷紅新草裡裡外外都打了招呼，例如在廚房煮飯的以及在庭院打掃的，就颯爽地回到星塵偵探社辦公。

恭送奏星純到門外的銀蓮花回大廳後，從廚房裡準備一些點心給辛紅縷，青年的表情沒有什麼變化，只是臉上的淺笑多了幾分深不可測。

「沒想到奏先生會與這次的交易有關，坦白說從他口中聽到畫師的事時，我著實捏了一把冷汗，原以為他是為畫師一家而來，想不到他處理的是有錢一家子，幸好幸好。」銀蓮花鬆了一口氣笑道。

「的確是獨特且瘋狂的美感，那些畫就由我接手束之高閣，這個現實且利益主義充斥的世界大到無法讓這對戀人只看到彼此，艾格爾頓[4]是個最適合他們生活的地方了，就在那裡延續既短暫又漫長的戀情吧。」辛紅縷緩緩說著，聲音無法聽出什麼情緒起伏。

「只不過，奏爺日後應該也會為了畫師一家而來咱們這裡興師問罪，到時該怎麼辦才好呢？」銀蓮花頗為困擾地側著頭。

「放心吧，他沒有機會與畫師有任何牽連。」辛紅縷隻手撐著頭有些慵懶地說道：「是個不錯的交易，可惜對小孩子來說，實在太殘酷了。」

「主子真是壞心呢。」銀蓮花輕輕笑了幾聲，宛如風鈴搖曳般好聽。

「我只看價值，不看前因後果，有這樣的慾望，就有這樣的買賣。」

「遺憾的是我們大概做不到奏爺這筆生意，明明都踏進古董店了，卻不帶任何期待與慾望，要是奏爺再貪婪一點就好了，這絕對會成為我們縷紅新草至高無上的交易。」少女的語氣帶著惡意的遊興。

「正因為契約書裡永遠都不會簽下他的名字，他才有資格進出這裡，不然，我怎麼可能會放過任何一個踏進縷紅新草的人？只要進來，就得與我交易，妳說對吧？」

青年的笑意更深了。

——The devil is in the details.

注釋——

4｜艾格爾頓：曾經出現在報紙上的虛構地名。

Dark Secret

這裡有兩個小祕密。

艾格爾頓是一個在Google地圖上找得到、但實際上並不存在的英國鬼魅城鎮（意思是幻想或虛構的城市，揶揄成只有鬼魂才能進去的領域）。儘管虛構，Google卻有明確的當地氣候顯示、房地產及就業等資訊，普遍認為這是Google作為版權侵害陷阱的手段，如果有人擅自使用這份英國地圖，那麼就會得到艾格爾頓這個虛構地名如此明顯的錯誤。二〇一〇年的時候，Google完全刪除艾格爾頓這個地方。

作為一個鬼魅城鎮，活著的人自然無法進去或者一窺真實的現況，因此來到艾格爾頓的畫師一家三人的命運是……

第二個小祕密，任何一個踏進縷紅新草古董店的人都得與辛紅縷交易，展冰雲是透過交易入住古董店，那麼銀蓮花與彷夕暮也No exception。

第2篇

瑞普利卷軸

「純君對我和後鳥羽的來歷目前還沒有任何線索，
是吧？」
「是，但我想現在不是時候。」
「還沒準備好嗎？」
「目前的距離很理想，再近一點就失去樂趣了。」

楔子

細細思量，此世非常棲之所，
浮生多變，更勝草間白露水中新月。
金谷園[1]詠花之人，為無常[2]之風所誘，
榮華繁夢早休。
南樓弄月之輩[3]，遭有為[4]之雲所蔽，
先於明月而逝。
人間五十年，與天地長久相較，如夢又似幻，
一度享此浮生者，豈得長生不滅？

——《敦盛》

日本室町時代流行一種樂舞，名為幸若舞[5]。該樂舞的特色是用鼓、笛與盲僧彈奏琵琶作為伴奏，邊歌邊舞演述故事，其中最知名的幸若舞便是

《敦盛》[6]。

相傳日本戰國時代著名的梟雄織田信長，在桶狹間之戰[7]奇襲前夜與本能寺之變都曾詠唱《敦盛》代表性的段落，「人間五十年，與天地長久相較，如夢又似幻。一度享此浮生者，豈得長生不滅」。

一如既往的日本獨特傷感美學。這是奏星純看到牆上所掛的《敦盛》詩句時唯一

注釋——

1 金谷園：西晉巨富石崇的別墅，非常富麗堂皇，是洛陽八大景之一的「金谷春晴」。

2 無常：佛教用語，意思是世間萬物皆由於因緣變異而終將壞滅。

3 南樓弄月之輩：南樓位在湖北省鄂城縣，又稱為玩月樓，不少詩人曾在此作詩詠唱。

4 有為：佛教用語，即所謂的因緣造化。

5 幸若舞：室町時代開始流行的日本傳統樂舞，詳情請見本書P.254的詞條說明。

6 敦盛：幸若舞的曲目之一，作者與創作年份不詳。《敦盛》這個曲目主要是描述平安時代（日本文學頂峰的時代，古代長篇戀愛小說《源氏物語》便是在此時出現，平安時代大約是中國唐朝時期）的武士平敦盛參與一場戰役，十七歲便身亡如此稍縱即逝的生命。

7 桶狹間之戰：日本戰國時代的戰役，詳情請見本書P.255的詞條說明。

的感想。

雖然他早有心理準備這個地方有百分之九十九的機率是走文藝取向，畢竟這家店的老相好（無誤）縷紅新草也相當文情並茂，但他沒有想到這家店何止文藝，簡直是文學沙龍。

明明是賣走私稀有動物的地方，不求像座動物園，但好歹要有寵物店的樣子吧？結果這間店裡裡外外洋溢著濃濃的中國風，而且還是Chinoiserie[8]——十七世紀末到十八世紀末歐洲盛行的中國風情。

揉合西方奢華的角度再融合中國獨到的美感，形成中西合璧的藝術，例如這個巴西玫瑰木所製的櫃子就放著十九世紀手工繪製的塞夫勒瓷器。

此外，展示櫃上也放著精緻的代爾夫特藍陶，牆上則布滿讓巴普提斯特皮耶芒（Jean-Baptiste Pillement）的幻想花鳥壁紙……奏星純無法辨識壁紙的真偽。

皮耶芒是十八世紀宮廷御用的畫家兼設計師，他精緻細膩的中國洛可可風格使歐洲為之著迷，目前在荷蘭的希爾芬克欣洛彭博物館（Museum Geelvinck-Hinlopen Huis）裡有展示這位設計師的作品，其他幾乎都是私人收藏。

想當然耳，十八世紀才氣縱橫的宮廷御用畫家無論如何都沒辦法為二十一世紀的走私動物黑店布置牆壁，但這壁紙的工法、手筆與用色確確實實是出自皮耶芒，如果是仿冒的話，這位仿冒者的技術未免太高超。

說到技術高超的模仿，他在前兩個禮拜就見識過專業的仿造是怎麼一回事，一名擁有精湛畫技的畫家擅於製作各種經典仿畫，不論是梵谷還是高更，連細節都能完美無缺的展現，儘管有鬼斧神工的技術和得天獨厚的美感，可惜的是，畫家並沒有將這份才能用在正途上。

這名畫家用自己的才能殺害兄長一家人。

事件落幕後畫家下落不明，他體弱多病的妻子與養子也不知所蹤。

奏星純曾去拜訪過畫家的妻子，這位臉色蒼白氣色不佳的夫人展示一幅繪師從未公開的畫作給他欣賞，那是他第一次也是最後一次看到畫家仿畫以外的作品。濃厚前衛的用色與極具巧思的線條，俐落精妙地灑落在畫布上，奏星純至今仍找不到什麼合

注釋——

8—中國風：確切解釋應該是西方歐洲認為的中國風。詳情請見 P.253 的詞條說明。

適的形容詞去描述自己的心情，除了震懾還是震懾。

而那位稀世的天才畫家無人知其蹤跡。

奏星純隱約覺得畫家的去向與縷紅新草古董店脫離不了關係，可他不想為了這種事去詢問辛紅縷，無論結果如何那都是畫家的選擇，他實在沒有立場去過問。

最近他為了一樁離奇命案必須來這家店一趟，在這之前，奏星純已經從辛紅縷那邊得到不少這家店的情報。

一蓮托生，這間「舶來品」店的名稱。

說是舶來品，其實是各式各樣的走私動物，和大眾所知的類型不同，據聞這間店的商品全是獨一無二的稀有種，就算看到尼斯湖水怪也不足為奇，如果這家店真能塞下這隻龐然大物的話。

透過辛紅縷的引薦，奏星純順利踏進一蓮托生。

這家店有一個不成文的規定，說是不成文，倒不如說是店主話術高超手腕強大，凡是踏入此店的人，無一個空手而回。

這家店只讓絕對會進行交易的客人進入。

如果客人只是抱著好奇或遊興的態度，一蓮托生不會打開大門。

讓奏星純疑惑的是一蓮托生的店主要怎麼判斷客人是否會買賣？他知道本領深厚的服務業者光是看踏進來的客人十秒，就能猜測客人是否會掏出腰包，但一蓮托生這邊可是客人還未踏進來之前就能看穿客人的心態，這到底是怎麼辦到的？不過仔細想想，這個問題繼續探究下去只是浪費時間，一蓮托生是個能用靈魂作交易的地方，所有科學理論和正常觀點在這個場所都毫無意義。

本來像奏星純這種談不了買賣的人無法踏進一蓮托生，他是透過辛紅縷的幫助得以來到這間裝潢富麗堂皇的舶來品店。

一蓮托生座落在郊區，外觀只是一棟不起眼的平房，既沒有招牌也沒有看板，乍看之下僅像是一般老百姓拿來養老的地方。推開大門來到平房裡面才能真正窺視一蓮托生的內在，不論是擺設裝飾或者吊燈天花板皆瀰漫神祕瑰麗的氛圍，包括那位俊美程度與辛紅縷不相上下的店主。

「竭誠歡迎您的到來，奏先生，敝店若有招待不周的地方還請您海涵。」一名消瘦單薄的男子從華美的屏風後走了出來。

他一頭黑色長髮略為慵懶地紮著，帶了氤氳水氣的髮絲柔順地從他頸側滑落至背後，有著難以言喻的陰翳幽暗。

他穿著一身黑色和服，絲綢材質上有若隱若現的蜘蛛網紋路，值得一提的是這名男子的和服穿法是日本死者喪服的形式，增添了幾分詭譎的氛圍。

男子修長纖細的手指輕輕拿著煙管，煙霧繚繞映襯男子那雙迷濛的眼眸，有些世俗、有些不食人間煙火。

不知怎麼來著，奏星純第一眼見到這名男子時，胸口湧上前所未有的危機感。

和他第一次見到辛紅縷有極大的不同，辛紅縷可以是挑釁也可以是樂趣，兩人之間的往來都很有默契地維持在適當的局面上，既不過火也不濫呑，彼此保留讓步和追逐的空間。

可這名男子不同，他有別於辛紅縷，那雙幾乎沒有什麼焦距的眼神如同爬蟲類一般無感情，短短眼神交會的一瞬間，奏星純就瞭解這名男子是個絕頂恐怖的人物。

恐怖的原因是，他無法揣測這名男子的情緒與意圖。

除了外表以外，沒有一點「人」的特質。

說穿了是不折不扣的異形。

啊啊真想快點離開這裡。奏星純決定速戰速決。

「請問怎麼稱呼？」目前還無法判斷這名男子的性情，奏星純只能謹慎面對。

「後鳥羽。」男子示意奏星純可以坐在沙發上，他姿態優雅地倒了兩杯茶，茶水傾倒之間周圍飄散細細的花果味。

唉，是花果茶。奏星純不免在心中嘆了一口氣。這裡不同於縷紅新草，可不是他想喝愛爾蘭咖啡或白蘭地皇家奶茶就能隨時端上的地方，儘管花果茶從來就不是他喜歡的飲品，但現在也別無選擇，奏星純只能把這杯花果茶喝完。

那個男人說他叫後鳥羽，肯定不是他的真名。這點和辛紅縷一樣，奏星純認為不論是「辛紅縷」還是「後鳥羽」，都是這兩人暫時使用的名稱，大概時間再過久一點，應該又會換一個自己喜歡的名字也說不一定。

後鳥羽，奏星純記得那是日本第八十二代的天皇名稱，擅長創作和歌及打造武士刀，後鳥羽天皇打造的武士刀上都有十六瓣菊紋，後來成為天皇這個皇室的家紋。

這名男子為何會用「後鳥羽」當作自己的名字，奏星純一時之間找不出原因，這名天皇在位期間積極想鞏固政權，但手段不夠冷靜睿智，最終被流放到一個鳥不語花不香的小島上抑鬱而亡。撇除政治上不夠濟事，後鳥羽天皇所寫的和歌倒有幾分可看，最著名的一首和歌是「有時覺得人很可愛，有時覺得人很可恨，漫無目的想著此世因而感到憂煩的我」，充分表達天皇極端的愛憎之心。

用這個角度來看的話，一蓮托生的店主莫非是個情感強烈的人嗎？

現在猜測無用，事到如今也只能仔細地觀察下去。

「時間有限，請恕我直接說明來由，市區發生了幾起奇異的死亡事件，從被害者的傷口裡檢驗出大型貓科動物的唾液，除此之外，現場遺落猛禽類的羽毛以及蛇鱗，分析過後得出這些生物的品種，分別是西伯利亞虎、內陸太攀蛇、金鵰[9]。幾位居住在案發地點附近的民眾提到被害人死亡那天，有長著翅膀的生物從空中飛過，不知道後鳥羽先生對這方面有什麼線索？」奏星純輕聲說著。

面對這些離奇事件警方沒有半點進展，他們找不出被害人在家中被野獸啃咬吃食的原因，而且這隻吃人的野獸居然能從十五層樓高的地方破窗侵入，無奈之下只好委託貴到沒心沒肺的星塵偵探社調查被害人死亡的原因。

看過驗屍報告後，奏星純的腦子裡立即浮現奇美拉這個希臘神話生物，傳聞牠頭部是獅子、身體是山羊、尾巴是毒蛇……在認識辛紅縷之前，他壓根兒不相信二十一世紀的文明世界會出現這種怪物，但結識辛紅縷以後不可思議的事遇多了，任何「不可能」都有機會是「可能」，奏星純的生活逐漸有趣起來，不過活在這個世界上最需要的就是明哲保身，他最近深深覺得洛夫克拉夫特[10]說得真好，這位科幻小說家的名言是「人的思維缺乏將已知事物聯繫起來的能力，這是世上最仁慈的事了。人類居住在幽暗的海洋中一個名為無知的小島上，這裡的海洋浩渺無垠、蘊藏無窮祕密，但我們不應該航行過遠，探究太深」。

奏星純不想去細數他過去為了自己的好奇和刺激引來多少次災難，儘管他自己也

注釋——

9—金鵰：生活在北半球的一種鷹，大型猛禽，會獵捕狐狸、山羊、鹿以及狼。

10—洛夫克拉夫特（Howard Phillips Lovecraft）：美國奇幻小說家，已歿。最著名的是架構出龐大體系的克蘇魯神話，詳情請見 P.255 的詞條說明。

樂在其中，但直覺告訴他沒事最好和後鳥羽保持一個安全的距離，對人生還有未來都有絕對的保障。

如果後鳥羽對此事沒有太大的興趣，他或許得就此打住，雖然這麼一來就破壞了星塵偵探社使命必達的招牌……這大概是他第一次認為委託沒有達成也無所謂，縱然他追求至高無上的刺激與挑戰，很遺憾的是後鳥羽並不是個日常調劑的好對象。

「我手上有可靠的情報可以給您，不過您得拿對等的東西作為交換，奏先生意下如何？」後鳥羽擒著一抹淺笑說道。

「你有什麼想要的東西嗎？」奏星純問著。

「能夠滿足我的事物。」後鳥羽閉上雙眼似乎有些無趣的隻手撐著頭，「只要奏先生做到這一點，關於市區命案的問題與疑點我都會毫無保留地回答您。」

「看來你只願意說到這裡。」

「我答應紅縷讓您不需要經過交易就能踏進一蓮托生，只是，您若想要從敝店得到確切的訊息，唯一的方法就是憑本事。」

此時此刻奏星純實實在在體會到警方面對離奇命案一籌莫展的心情，在櫃子上展示生命何等脆弱的詩句，放眼所見淨是奢華瑰麗的景緻，販賣古今中外各式各樣奇珍異獸，藉由交易獲得人類的靈魂，這世上還有什麼能讓後鳥羽盡興的玩意兒？簡直就像預測統一發票頭獎號碼一樣讓人摸不出頭緒——若是認為他會就此打退堂鼓就大錯特錯了，比起統一發票的頭獎號碼，去推測一個人的喜好相對容易許多。

這麼一個小捉弄，對他來說還構不成難度。

不著痕跡地仔細環顧大廳後，奏星純將視線停在某個地方幾秒，他知道接下來要怎麼做了。

「我三天後會再來，多謝款待。」奏星純沒有多加停留就離開一蓮托生，看到外頭刺眼的日光，他總算覺得舒坦。

❖❖❖

回去十五樓的辦公室後，初塵刻意詢問他探訪一蓮托生有什麼收穫感想，奏星純毫不遲疑地說：「沒事不會想靠近的地方。」

「莫非店主是個平庸之輩嗎？我知道你不會去無聊至極的場所。」

「正好相反，此人恐怕是我有生以來所遇過最深不可測的人。」

「像辛紅縷那樣？」

說起深不可測，初塵唯一想到的就是縷紅新草古董店那位外貌協會，俊美且危險，裡裡外外都符合奏星純人生調劑品的條件。

「像辛紅縷？」奏星純搖了搖頭，「兩人天差地遠，根本不是同一個類別。」

「不然這兩人各隸屬什麼類別？」

「一個不知道是不是人，一個是貨真價實的怪物。」奏星純緩緩說著。

他明白自己為什麼在一蓮托生會感到如此不自在。

有個名為恐怖谷的理論描述人對機械人的反應，模仿人類只有百分之八十的機械人不會使人感到厭惡，相反的還會因為機械人不夠生動、破綻百出而有些好感。

不過，當機械人模仿人類到百分之九十九時，生活在現代都市卻仍是動物的人類會出現危機意識，這種危機意識到底是經過精密計算還是粗略估計沒有人知道，這個複雜的機制能讓人一眼就能辨別眼前這個東西是不是人類。

日本過去曾展出一個叫作 Repliee Q2 的機器人，外觀上幾乎與人類一模一樣，不過凡是看到 Repliee Q2 的人無不覺得驚悚可怕。

僅僅是百分之一的不同而已，人類無法對模仿品有任何正面的情感。

是的，見到後鳥羽那一刻，奏星純就瞭解一件事。

這名男子，是棲身在人類世界的 Monstrosity。

Episode 1

一蓮托生・上

「昨天晚上又發生了兩起野獸殺人事件，偏偏有人目擊到那隻怪物的長相，是西伯利亞虎的頭與身軀，背部有一對大翅膀，尾巴是雙頭蛇……真不知道這玩意兒是怎麼出現的，難道是受到輻射汙染而出現的變異體嗎？可也不對啊，近年來有輻射問題的就是日本了，這怪物跑來我們這裡撒野實在沒道理。」刑警喝著麥茶納悶地說著。

我覺得你大白天就跑來這裡白吃白喝白吹冷氣也挺沒道理。奏星純無奈地坐在沙發上看刑警帶來的照片，基本上和這段時間不斷發生的離奇死亡大同小異，被害人男女老少都有，這之間全無共通點也沒有關連性，看來是隨機挑選獵物。

不過第一個被害案件有幾個有趣的地方，一家五口，男主人是恐怖小說家，女主人是普通的家庭主婦，長子長女與么子都還未成年，除了男主人以外，其他四人皆是被奇美拉（奏星純暫且這麼稱呼那隻殺人怪物）吃食死亡。

男主人當然也死了，他拿水果刀往頭部狠狠插進去，這是奏星純見過有史以來最慘烈的自裁方式。

驗屍報告無法看出是男主人先死還是其他四人先死，究竟男主人是因為害怕所以先行自殺還是無法承受妻兒死亡所以自殺……這方面仍有許多疑點。

另外刑警提到一個重點，那隻奇美拉是怎麼出現的？總不可能是野生動物最新品種，西伯利亞虎、內陸太攀蛇、金鵰所棲息的生活圈相差十萬八千里，除非是人為刻意，否則自然環境絕對無法創造出這樣的生物。

其實光憑這一點，販賣珍奇異獸的一蓮托生可以脫離嫌疑，辛紅縷先前有提到這家舶來品店所有商品全是獨一無二的珍稀物種，理所當然不會出現西伯利亞虎、內陸太攀蛇、金鵰混合出來的人造產物。

那麼，是有人特地創造出來的嗎？

提起生物科技，最著名的恐怕是西元一九九六年用細胞核移植技術所產生的桃莉羊，接著是一九九八年美國培養出多功能幹細胞，這是受精卵形成胚胎的過程中所出現的細胞，以二的倍數成長，受精卵從單一細胞變成兩個細胞，第二次分裂是四個，第三次分裂是八個，俗稱為八細胞期。這八個細胞任何一個都能發展成獨立個體，就此開啟了幹細胞治療的大門。

目前生物科技最頂尖的技術是結合細胞與無生命物質建構器官與身體，市面上第一個產品是Carticel，這是一種注射懸浮液，由軟骨細胞組成，打入人體裡面可以修復軟骨的功能。

由於頂尖的技術僅止於如此，奏星純不認為奇美拉是人類用生物技術所製造出來的怪物，但又不是出自於一蓮托生，究竟那隻奇美拉是從何而來？

雖然這件事有可能從後烏羽的口中得到答案，不過奏星純實在不喜歡這種毫無頭緒的感覺。

「關於這次事件我正在調查中，運氣好的話大概這幾天就會有眉目。」奏星純把照片還給刑警後，站在落地窗前有些煩悶地看著外頭。

「真難得，你也會說出運氣好這三個字。」刑警忍不住調侃了一番。

「儘管有人願意提供可靠的線索，但那傢伙並不是簡簡單單就能擺平的人物，倘若沒有勾起他的興趣，很難從他身上套出半點情報。」

「也許你可以試試軟硬兼施，面對你的拳頭，恐怕每個嘴硬的人都得鬆口吧。」

「相信我。」奏星純淡淡地看向刑警，「你不會想招惹那傢伙，也不是得罪他自己怎麼死都不知道這麼輕鬆容易的事，而是你不曉得會有多少人因為你盲目無知的舉動跟著下地獄賠罪。」

「欸？難道線人是圓環社的太爺嗎？」說到下手凶殘、冷酷殘暴，刑警自動聯想到圓環社。

「如果是他的話，這次委託就太過悠哉愜意了，很遺憾的，那傢伙比太爺還棘手不知多少倍。」奏星純拿起鑰匙和外套，用眼神示意刑警可以一起跟他搭電梯下樓。今天初塵休假，他這趟出門就不會再回星塵偵探社，稍微收拾環境後，就與刑警一同抵達大樓外頭。

「總之，三天後等我消息，先說好，若無法從那傢伙口中得到什麼資訊，恐怕一切都得重新擬定計畫，如果你等不及了，也可以將委託轉移給其他人，我會把目前為止蒐集來的資料交給你，Free of cost。」奏星純說著。

「免費贈送嗎？想不到你這麼大方，我真是越來越中意你了，不過要是你有從線人身上套出什麼有用的線索，那也是天大歡喜的好事。」刑警笑了笑。

「不見得，要是我完成委託，你們警方得支付我一筆相當可觀的費用，先做好心理準備吧。」拍了拍刑警的肩，奏星純留下一抹惡意的微笑就走了。

❖ ❖ ❖

在前往「某個場所」之前，他特地去縷紅新草古董店一趟，銀蓮花看到他的身影時露出了困惑的表情，似乎很訝異他會在這個時候現身。

「前些天聽說奏爺您在處理一樁離奇命案，怎麼今天有空過來？」銀蓮花眼明手快地準備溫熱的白蘭地皇家奶茶招待奏星純，由於辛紅縷等等就會下樓，她貼心地在桌上放了幾盤主子喜歡吃的甜點。

「辛主子見到您一定很高興，我們都以為要過好一段時間才能看到奏爺，想不到您如此惦記這裡。」

這妮子越來越上道也越來越會損人了。

奏星純沉默地喝了一口皇家奶茶，些許意興闌珊地說著：「順道過來探望紅縷，一蓮托生這事得感謝他的引薦。」

才剛提到辛紅縷，這名青年正巧從旋轉樓梯走了下來，奏星純放下茶杯，若有似無地注意青年的一舉一動，試圖在他身上找出與後鳥羽相似的地方。儘管他早已心裡有底，可實際地比較這兩人，唯一相仿的只有那身清冷的氣質，喔對了，輕藐傲慢這點兩人也是不相上下。

奏星純認為縷紅新草和一蓮托生可能有特別的關聯，後鳥羽與辛紅縷八成有密不可分的關係，但他沒有將這兩人劃上等號。不論是現在還是往後，他都不會過問辛紅縷和後鳥羽從何而來或者真實的身分，奏星純明白一件事，倘若他追根究柢地去探查辛紅縷的來歷，或許再也無法像現在恣意地出入縷紅新草、和辛紅縷維持這種亦敵亦友的來往。

「看來純君此次前去一蓮托生不怎麼愉快，你的表情沒有平常的愜意。」辛紅縷走了過來，帶著富饒趣味的眼神看著奏星純，「真令人感到意外，八面玲瓏的你也有遇到瓶頸的時候。」

「後鳥羽不是泛泛之輩，稍有不慎我的下場就是被他 Checkmate[1]。」雖然接觸不深，但奏星純明白後鳥羽這名男子內心極其病態之能事，從一蓮托生的擺設與架構就能窺知一二。

辛紅縷盯著奏星純那張過分好看的臉孔幾秒，用一如既往平淡冷靜的語氣開口：「後鳥羽讓你這麼警戒防備嗎？」

「與他保持距離是明智之舉，他並不是我可以試探揣測的人。」

聽到奏星純的回答，辛紅縷臉上浮現一絲不解，「我以為追求刺激挑戰的純君會對後鳥羽感興趣……很意外你這次謹慎起來了。」

奏星純解釋道：「曾有人說過人類為了保護自己不受到掠食者攻擊，而發展出恐懼這個生存機制，隨著時間的演化，野生肉食動物已經在人類世界銷聲匿跡，你絕不會打開門、過條街就看到十幾隻劍齒虎或科摩多龍對你虎視眈眈。不過恐懼機制沒有因此退化，反之變得過度敏感，使人類對不存在、看不見的危險做出反應，這是所謂的規避風險傾向。」

理性分析謹慎的原因後，奏星純看到銀蓮花與辛紅縷訝異的神情，不禁自嘲般地補上一句，「連我自己也不敢置信，我的人生居然也有規避風險這種系統，看來還沒有退化完全。」

「我開始感到有趣了。」辛紅縷喝了一口紅茶，俊美的容貌有著難以解讀的笑意，「純君第一次看到我時，這個生存防衛機制難道沒有開啟嗎？再怎麼說，我始終想將純君列為收藏品，你應該要有暴露於危險之中的自覺才對。」

真是明晃晃的挑釁。

平常時候奏星純會玩興大開地與辛紅縷互相試探，不過今天他沒有這樣的心情，後鳥羽所開出的條件得費心神處理，雖然後鳥羽沒有明說，可想必他取悅這名男子的機會只有一次。

注釋——

1 Checkmate：將軍，指的是象棋類遊戲中「王」或者重要的「帥」、「將」受到攻擊而陣亡的局面，這種情況代表被將軍的玩家慘敗。

「追求刺激是一回事，挑選對手又是一回事，顯然後鳥羽不是可以挑戰角逐的對象，如果我低估他的能耐導致自己死無葬身之地，恐怕你對我的評價會從超群出眾變成有勇無謀，到時別說是收藏了，大概低價賣給你也會拒收。」

辛紅縷沒料到奏星純會這麼直接表示「他不是後鳥羽的對手」，迅速閃過詫異後，青年的神情柔和了起來，他幫奏星純只剩三分滿的茶杯裡倒入溫熱的奶茶，「你倒是說了我不討厭的話。」

「稱不上游刃有餘，可想必純君應該知道怎麼處理後鳥羽給予的難題了吧？」

辛紅縷知道奏星純自尊心甚高，除非超過自己能力所及，不然絕不會想要他人給予援助或提示。這一次青年只能從旁觀看奏星純怎麼與後鳥羽周旋，至於成敗勝負，那也不是辛紅縷能干涉的了。

「確實有些想法，雖然門路人脈都有了，但無法保證能夠直搗黃龍。」煩悶地嘆了一口氣，奏星純把皇家奶茶喝完，丟下一句：「這事了結之後我再來找你，在這之前你自己保重，我可沒有那個閒暇餘力再去尋找戒指或偷走古代人的棺木。」說完便離開縷紅新草古董店了。

把奏星純送走後，銀蓮花邊收拾桌面邊擔憂說著：「後鳥羽先生對奏爺真是不留情啊，明明他和辛主子這麼有淵源，為何行事作風如此極端霸道呢？」

辛紅縷沒有回應，只是淡淡盯著奏星純使用過的茶杯，過了數秒才低聲開口。

「假使你這次能準確無誤猜中他的心思，那麼離掀開底牌的日子也不遠了。」

「你會是這個世上第一個知道吾等真實身分的人嗎？奏星純。」

「真令人期待啊！」

❖

要去下個地點之前，奏星純在縷紅新草古董店的庭院看到正忙著餵貓、餵鳥、撿枯葉的展冰雲，他原本想簡單打個招呼就離開，可意外看到某樣東西讓奏星純不得不嚴肅起來。

辛紅縷當初去溫泉旅遊時便提及展冰雲的事，「那名少年一直處於極大的精神壓力中，雖然他不至於對你有什麼暴力行為，但他或許會做出你意想不到的事。」

奏星純有想過一個可能：思覺失調症。遺傳、幼年環境、精神壓力、社會經歷等都會讓人得到這樣的病症，這個病症的特色就是思考方式與情緒反應會出現崩潰現象，患者會胡言亂語、自殘或者有暴力傾向、病態妄想之類的狀況。

展冰雲平常或多或少就有出現思覺失調症的症狀。

銀蓮花先前有向奏星純提到展冰雲經常與動物對話，不論是貓狗鳥還是松鼠他都能聊上幾句，偶爾也會自言自語……少年除了縷紅新草古董店以外哪裡也不能去，銀蓮花沒辦法請心理醫生來古董店治療展冰雲，奏星純儘管對心理學有靠譜的研究，但怎麼說也不是個合格的大夫。

「日安。」

奏星純走了過去，展冰雲連忙打理自己亂糟糟的衣服和頭髮，那些麻雀經常停在他的頭上，時不時就留下幾根羽毛當裝飾品。

「抱歉奏先生，我沒注意到您今天有過來。」展冰雲拉了拉袖子，他一年四季都穿長袖衣服。

之前銀蓮花還在奏星純面前疑惑地說了一句：「莫非他就是一直穿長袖遮陽皮膚

才這麼白的嗎？我是否應該試試？」

隨後被彷夕暮回了一句：「姑娘妳大門不出二門不邁也沒什麼機會讓妳曬太陽，少年可是三不五時待在庭院裡和小動物培養感情，由此可見這是先天基因優劣問題，人家就是天生麗質。」

理所當然的，妹子足足有一個禮拜的時間不跟閃光講話。

「不要緊，正好我有件事想問你。」奏星純此時此刻很想抽根菸吞雲吐霧，但縷紅新草古董店全面禁菸，他只好作罷。

「呃，是什麼事？」展冰雲不由得緊張起來。

「你手上的傷是什麼時候開始有的？」他問著。

「……」少年的表情在那瞬間僵硬，他輕輕撇過頭，似乎不想回答這個問題。

「是因為受到安德華拉諾特的束縛，讓你感到不自由嗎？」

「……」少年依舊保持沉默。

「你不想待在古董店裡？」

「……」

一直緘默代表既不承認也不否認，看來這些問題都沒有擊中展冰雲的要害。奏星純嘆了一口氣，老實說他不應該把心神放在少年身上，但既然看到了，他無法心安理得的漠視。

「與辛紅縷相處讓你覺得痛苦嗎？」

聽到辛紅縷的名字，少年總算有了不同的反應。

他稍稍抬起頭望著奏星純，用極為平淡的語氣說著：「我別無選擇。」

「為何你如此厭惡他？」

據奏星純所知，辛紅縷對展冰雲雖然冷漠但也沒差過，住的是典雅舒適的臥房，吃的是彷夕暮精心烹調的料理，對少年喜歡照顧貓貓狗狗也是睜隻眼閉隻眼，即使如此，展冰雲對辛紅縷仍舊心懷芥蒂。

「只是一個微不足道的理由而已。」少年僅此回答。

「我想一個微不足道的理由應該無法讓你傷害自己的身體，既然你待在縷紅新草古董店這麼痛苦的話，我會想辦法。」留下這句話，奏星純便踏出古董店。

展冰雲的事確實重要，但現在最首要是處理後鳥羽的難題。

奏星純開車前往一棟富麗堂皇的大樓，把車子停在地下室後便搭車去頂樓。

Dominance & Submission's Club.

位在繁華市區一棟大樓的頂層。

只招待符合資格的會員，申請者如果在入會名單上等候太久，代表資格審核沒有通過，此外推薦他入會的人也會被俱樂部要求放棄會員，原因是帶來令人困擾的入會申請者。

嚴苛制度營運下使得這個俱樂部的會員享有優渥舒適的待遇，迷離燈光下，擺放精緻的美食、播放醉人的音樂，會員脫下承載世俗眼光的外衣、換上展現自我的衣裝，在這個俱樂部裡盡情感受交感神經的響應。

奏星純有個委託人是這個俱樂部的高級幹部，對方同時是大型公司的總經理，偶爾會有業務上的糾紛需要奏星純協助，久而久之也熟識起來。

儘管奏星純相當公私分明，可這位委託人是個私底下仍可以往來的優秀人士，奏星純曾和他去過幾次 lounge bar 聊一些無關緊要的瑣事，對方似乎覺得奏星純值得信賴，有次把自己獨特的嗜好告訴他——BDSM，是綁縛與性調教（Bondage

& Discipline），支配與臣服（Dominance & Submission），施虐與受虐（Sadism & Masochism）的綜合縮寫。

雖然涵蓋這四種模式，但 BDSM 也有可能跟性行為毫無關係，儘管絕大部份和性這方面密不可分。這名委託人平常是菁英份子，一下班就全心全意投入 Ageplay[2] 的活動——他與另一名二十歲青年是「兄弟」，雙親在十年前離婚，父親帶著兄長前往美國，母親獨力扶養弟弟一直到她罹患重病死亡。事業有成的兄長回國後把十年未見的弟弟帶進家裡照顧他，彼此間既陌生又熟悉，這樣不安混亂的關係促使這對兄弟越過了道德的界線。

以上是委託人和二十歲青年在 Ageplay 裡的角色設定。

實際上委託人先前長期住在美國，念高中的時候被家人發現有獨特的性嗜好，對此感到絕望的雙親和委託人切斷親子關係，孑然一身的委託人憑著自身的才能與手腕得到現在的身分地位。二十歲青年是他在這個俱樂部認識的，來自單親家庭，母親在他唸國中的時候去世，目前正讀國立大學。

附帶一提，這位委託人有捆綁「弟弟」的興趣，曾當著奏星純的面說出「我喜歡帶有傷痕的身體，特別是綑綁留下的微紅痕跡，都能讓我感到快樂」……日本江戶時代有描繪男女之情的四十八種型態，從邂逅、誘惑到交往、分手，後來被成人視訊製造商（也就是AV公司）改編成滾床單的四十八種體位，這位委託人最喜歡其中名為「殘虐非道」的姿勢，用繩子把對方的雙手和雙腳捆綁起來恣意擺布，這種強迫式性交是他獨鍾的性趣。

委託人和二十歲青年是「亂倫兄弟」，會出現這樣的設定純粹是委託人小小的惡趣味，只要青年稱呼他為「哥哥」，委託人就會溺愛這個「弟弟」，寵溺的情感是情節所需，回到現實生活，兩人只是身體合得來、喜好合得來的搭檔。

至少委託人是這麼認為。

注釋

2 Ageplay：中文翻譯是年齡差異扮演遊戲，某網路百科譯為「異歲扮演」。是個難以用三言兩句解釋的名詞，大抵上是準備一個情節，例如三十五歲的單親爸爸與十六歲未成年的獨生子，父子之間有耐人尋味的曖昧接觸。扮演者不一定和情境設定上的年齡一樣，可能有一段差距，總之最主要就是投入在這個情境裡，並且享受這個情境帶來的樂趣。另外，情節也可以與性完全沒有互動，只是單純享受扮演之下的心理感受。

本來 Dominance & Submission 這間俱樂部並不歡迎閒雜人等踏入，但憑著深厚的交情，委託人帶著奏星純漫步在俱樂部樓中樓的走廊上，由此處可以窺見俱樂部成員交流談話的景象。

BDSM 之中有獨特的狗奴調教[3]，顧名思義是把人當作狗來飼養，但又不單單只是模仿狗而已，飼主必須用合適的方法來引導他人一步一步成為稱職的狗奴，這需要巧妙的心理計算、言語話術，最重要的是豐富的經驗。這間俱樂部作為市區 BDSM 的大本營，自然少不了飼主們炫耀自己精心栽培狗奴有多少花樣，奏星純在此之前對 BDSM 的瞭解僅止於字面上的解釋，他沒有親眼看過五花八門的綑綁畫面，也沒見過飼主如何調教愛犬，今天走這麼一遭，總算讓他大開眼界了……

「沒想到奏先生對 BDSM 如此好奇，為何突然有這樣的興致？」走在前方的委託人穿著正式西裝為奏星純介紹這家俱樂部的環境，在稍早他還用了三分鐘的時間小小抱怨最近一些年輕飼主亂七八糟的新玩法，簡直要把珍貴的犬兒們給逼走了。

「實不相瞞，這次和我交手的關鍵人物似乎對人犬調教有獨特的品味，如果沒有滿足他的喜好，恐怕星塵偵探社從未失手的記錄就要到此為止。」

「太令人震驚了，我從未想過這世上還有你奏星純擺不平的事，看來你這次遇到的麻煩不是普通層次，我合理懷疑這與國家危機有關。那麼，你說這個關鍵人物有獨特品味，可以描述一下嗎？」

「西元一四八〇年挖掘出羅馬皇帝尼祿居住的 Domus Aurea（金宮）[4]，這座宮殿的室內壁畫有人獸動物植物混合的圖案，譬如人身草尾、獸身人臉等等，這種室內藝術裝飾風格被稱為 Grottesche（穴怪圖像），文藝復興時期的拉菲爾和十六世紀的喬凡尼皆在梵諦岡的畫廊裡留下不少穴怪圖的作品，此外法國楓丹白露宮、義大利聖天使城都能看到這種藝術的蹤跡。那個人用來招待客人的大廳四周全是皮耶芒精心繪製的壁畫，如果不細看的話大概無法察覺幻想花鳥圖裡面隱藏著穴怪藝術，特別是人

注釋

3—現實層面的狗奴調教比這邊所提到的還複雜許多，由於 BDSM 並不是這個章節的主軸，因此只稍微提及而已，對此如果感興趣的讀者也請廣泛蒐集資料。

4—金宮：Domus 是拉丁文，原本指的是古羅馬特定建築形式，中間有露天內庭，後來延伸成獨立式住宅屋，Aurea 則有金黃色、豪華、金製品等等意思。由於尼祿這個皇帝藝術天分很高，這座宮殿的美學思想影響後來許多建築風格。

模仿狗的圖樣，許多猥褻下流的姿態都巧妙地用美感隱晦表現。」奏星純淡淡看向下方男男女女曖昧眼神交流的模樣，隨後視線對上委託人，「收藏性遠大於實用性、一看就知道是貴族出身、教養良好、血統純正，你有見過這樣的狗嗎？」

委託人明白奏星純話中的意思，倘若這個時候回答他「貴族出身、教養良好、血統純正，嗯，請容我鄭重推薦比利牛斯山犬」，絕對會被奏星純列為拒絕往來名單。

「確實見過，他在我們這間俱樂部是傳奇稀有犬，有雙魅惑氤氳的眼眸及孤高傲慢的身姿，牛乳般光滑如絲的肌膚與精雕細琢的五官，和平凡雜種犬放在一起都玷汙了他絕對珍稀的價值。」委託人賣關子地望著奏星純，問道：「如何？有沒有勾起你的興趣了？」

「有照片之類的嗎？」

「過來吧。」委託人帶領奏星純走到休息室，這個地方只有俱樂部的高級幹部可以出入，裡面有沙發、吧檯及資料櫃，櫃子裡放的淨是俱樂部過往紀錄畫面，特別是那些富有話題的飼主與狗奴。

「這本相冊放了許多名犬的照片，那位傳奇稀有犬就在最後一頁。」

從委託人的手上接過相冊，奏星純沒有馬上翻到最後一頁，他不急不躁地看過每位名犬，發現這圈子很喜歡幫人犬取綽號，例如約克夏、小獵犬、藏獒等等。

叫約克夏的海拔不高、體型精緻且姿態漂亮；叫小獵犬的人留著一頭亮麗的黑捲髮，就像月夜下的海沙般閃爍耀眼；叫藏獒的眼神充滿野性，光看就覺得攻擊力高不是好惹的對象。

翻到最後一頁時，奏星純的心裡瞬間就像隕石落在海面上激起數百丈巨浪，這麼波濤洶湧。

看到奏星純如此訝異的表情，委託人上前關心問著，「怎麼了？你被他優雅高傲的身姿震懾了嗎？」

「……」這輩子真他馬的沒想過回一句話會這麼困難。奏星純的腦海足足空白了三秒才艱澀地說出：「震懾啊，可以說是，也可以說不是。」

稀有犬是一名少年，估計不超過十六歲。他就坐在德國高級沙發椅上，全裸，兩腳交疊隻手撐著頭，散發一股貴族慵懶的模樣。

如果把稀有犬放在中世紀歐洲，肯定是一票王室爵爺爭相蒐藏的對象，眾所皆知中古世紀的歐洲上流階層不乏性格乖戾變態之輩，許多俊美年輕的變童優伶被這些老傢伙們搞得體無完膚是常有的事，但稀有犬象牙白的肌膚太過美麗，就算是人品過於糟糕的飼主，想必也捨不得在他身上留下一丁點痕跡。

可以明白少年珍稀的原因，但讓奏星純訝異的並不是少年天生注定要被人飼養蒐藏的資質，而是這隻稀有犬，他認識。

「多少飼主慕名想寵愛他，儘管這隻稀有犬年紀尚輕，但對大人世界已經瞭若指掌了，彷彿他才是遊戲的 MASTER。」

委託人倒了一杯水，似是感慨地坐在沙發上，「他離開以後，我就沒再見過有什麼狗兒能把主人玩弄於股掌之間，這少年擁有渾然天成的魅力，隨便一個掃視都能讓身心健全的男人為他俯首稱臣。」

「他何時踏入這個圈子？」奏星純問著。

「如果我沒記錯的話，他十四歲的時候就成為會員了。」

「他為何離開？」

「幼犬再怎麼精明算計還是幼犬，有飼主為了他和別人起衝突，弄得不可開交雞飛狗跳，我們這個俱樂部最重要的規矩就是不要破壞之間的情誼，他知道自己沒有拿捏分寸，便主動退出俱樂部了，之後我也沒有他半點消息，現在他是被人豢養著還是過著與一般人無異的生活，我不知道。」

「也許我可以告訴你答案，不過現在不是把祕密揭曉的時候。」將相冊還給委託人，奏星純臉上有著細微複雜的表情，「事情發展太超乎我的預期，沒想到我也有如此粗心大意的時候，不，這不是第一次失算，我為何到現在還無法學到教訓？」

「難得你也有懊悔的神色，真是越來越人性化了啊星純，風涼話先擱在一旁，有什麼我可以幫得上忙的嗎？」委託人問著。

「不知你是否有這隻名貴犬的其他影像或照片？」

「有是有，莫非你想拿給那位難搞的線人嗎？」邊說，委託人邊拿出一個檔案夾，將幾張照片抽了出來，「我們這裡都有做備份，底片再洗就有了，你先拿去吧。」

「是，就是那位難搞的線人，這次很感謝你的提供，改天讓我請你喝一杯吧。」

奏星純把照片收好，目前進展至此，後鳥羽給的難題算是完成了一半，接下來就看他買不買帳了。

「老樣子你還是這麼客氣，就預祝你一切順利了，我很期待你把祕密揭曉的那一刻。」委託人將奏星純送到大樓門口，他貼心地招來一台計程車，和奏星純寒暄幾句後就回俱樂部打理了。

坐在後座車廂內望著窗外炫目迷離的都市夜景，奏星純不禁暗自細數他目前為止有多少失誤。

在這之前，他總認為自己的調查相當鉅細靡遺，殊不知他完全忽略了人際關係並不是單單從鄰居、師長、學校、公司進行訪問就能瞭若指掌。浮世各處折磨我身，身而為人的情感令人陰鬱憂傷，一名十八歲的少年在臥房拿美工刀割斷頸動脈而死，他用血寫了這麼一段話，少年的生母委託奏星純調查死因，這位聰明冷靜自命不凡的偵探很快就找出少年自殺的理由——父母離異以後，他和繼母相處得很不愉快，少年時常被繼母虐待，於是他選擇了死亡。

得知少年的處境後，生母將虐待少年的繼母囚禁起來，失去理智而陷入瘋狂的母親放了一把火，活活將她與繼母燒成灰燼。

如此悲傷的事件過了兩年半以後，奏星純在偶然的情況下聽到少年不為人知的喜好，他有受虐癖，只要遭到鞭打、暴力就能獲得快感，與喜歡虐待他人的繼母一拍即合，但繼母沒有對丈夫不忠，她與少年純粹只是嗜好上互相契合的關係。

這個偶然到底有多偶然？為了瞭解太爺的戀屍癖是如何萌生形成，奏星純拜訪一位心理醫生，他想知道有戀屍癖的人是在什麼情況下形成這樣的取向，那位心理醫生說出了許多可能性，並分享一些獨特「性趣」給奏星純做個參考，醫生在那個時候提到少年的案例。儘管醫生沒有確切說出人名，可奏星純從身分背景及人生經歷判定是那位自殺死亡的少年無誤，少年曾為了自己的性癖好求助心理醫生，這個不為人知的真相，殘酷地揭露在奏星純眼前。

那麼，少年尋死的真正原因是什麼？

一個更為殘酷的真相。

少年所崇拜的教師很嚴厲，一絲不苟，不容紊亂，有如精密的機械一樣，可能數學系出身的人大致都有準確理性的精神潔癖，圓周率三點一四與三點一四一五九二九這兩個數值對數學教師而言天差地遠，那名教師在數學這一個領域相當出名，他在十九歲那年就有非凡的成就，少年非常非常崇拜這位老師，因為他從來沒有在老師的口中聽到一句認同讚美的話。

自殺前一天，少年在數學課完成一道艱難的題目，那位近乎完美的數學老師稱讚了他，對班上其他同學來說，能得到老師的讚譽簡直是天方夜譚，即使是一句「可以」，也能讓同學欣喜若狂好些天，但是，對自我挫敗人格障礙[5]的少年而言，他的世界在數學老師說出「你做得很好」的那一刻，崩離瓦解了。

拒絕快樂與認同的少年選擇死亡，浮世各處折磨我身，身而為人的情感令人陰鬱憂傷，他在最後誠實地說出自己缺陷的部分，不過很遺憾的，少年留下的自白被聰明冷靜自命不凡的偵探曲解為「長期受到繼母虐待所以尋死」，這個錯誤的解釋讓兩位女性喪命在火窟裡。

儘管初塵善解人意地安慰他：「這不是你的錯，又有誰能夠完全抓住一個人的內心，就算是福爾摩斯或者明智小五郎都沒有這樣的本事。少年掩藏自己的人格障礙，那是因為他希望自己能跟一般人一樣，殊不知連他本身也沒有發現他對自己的厭惡已經擴大到再也不允許任何人肯定他了，少年尋求自殺是早晚的事，他的繼母跟生母本來就彼此仇視了，少年的死只是導火線而已，真正有問題的是那位思想極端的母親。」

奏星純很感謝初塵的諒解，但福爾摩斯或明智小五郎都不會犯下這種致命的錯誤，作為一名偵探，他嚴重失格。

不過現在不是後悔懊惱的時候，他絕不容許自己再度失誤，不論花費多少心神，他都不願再放過半點蛛絲馬跡。

回到家之後奏星純洗了冷水澡讓腦袋清醒清醒，他毫無倦意，在筆記型電腦上飛快整理目前蒐集來的情報，事件發展到了一個相當刺激棘手的程度，他萬萬沒想到這次除了要與後鳥羽交手，同時，他還得面對辛紅縷。

重整完資料後，奏星純閉上眼整個人放鬆地倒在柔軟的椅背裡，思索他下一步要怎麼做，等他張開眼睛時，已接近拂曉時刻了。

又過了一天。

注釋

5 自我挫敗人格障礙：患者會排斥愉快或接收正面情感，對付出關心的人不感興趣，如果得到好的認同或優秀的成就，會產生內疚或以自殘自虐等任何帶來痛楚的行為作為回應，即使有更好的選擇，患者仍會偏向失望失敗或錯誤的決定。簡單來說，這類的患者對正面的情感無法獲得正常的滿足，但是對負面的情感卻能得到許多快樂。通常自我挫敗人格障礙與受虐癖息息相關，不過也有受虐癖的人在社交能力及工作上表現與一般人無異的狀況。

奏星純在凌晨四點半寫了一封電子郵件給遠在中東的朋友，並在早上六點發了簡訊給俱樂部的委託人，對方是事業有成的菁英分子，每天早上五點就起床運動、看報紙、吃早餐，奏星純估計大概八點前可以收到委託人的回應。這段等待時間他將警方寄來的檔案瀏覽一遍，約莫七點五十分的時候他收到委託人的回信，確認完裡面的內容後，奏星純去浴室把自己打理好，換上乾淨的衣服梳整頭髮，光鮮亮麗地出門前去星塵偵探社。

初塵今天休假，他在下午三點前完成一些瑣碎的工作，包括建立檔案庫、回覆警方目前的進度、駭入一些機關取得資訊、翻譯密碼學家委託的文書抄本、幫樓下的律師事務所維修電腦。

三點四十八分，一個國際超特急快遞送到星塵偵探社，上頭還附著一張便利貼，用阿拉伯語寫著「天還沒亮就要趕搭飛機，先生你給不給人休息」，看來這位送快遞的人士相當氣憤……當然奏星純已經沒那個閒暇餘力去搭理快遞的心情了。

檢查包裹的內容是他想要的東西後，奏星純立即把星塵偵探社門外的牌子翻到「休息中」，便開著愛車一路雀躍地來到縷紅新草古董店。

◆◆◆

銀蓮花看到他的剎那甚是驚訝，也是，昨天他才擱下一句「這事了結之後我再來」，又有誰能料到他今天就這麼颯爽地現身了。

「奏爺您不是……」銀蓮花不解地歪著頭，「正忙著嗎？」

「是。」奏星純笑了笑，回答道：「可我一日不見紅縷如隔三月兮，按捺不住索性就來了。」

「您有這樣的心意相信主子知道了一定會很高興的……雖然我覺得這當中一定有詐，算了，您請進請進。」儘管不知道奏星純打什麼主意，銀蓮花還是熱切招待這位貴客進門。

「展冰雲在後院嗎？」奏星純停下腳步問了前方的銀蓮花。

「是的，奏先生有事要找他？」

「我想跟他單獨聊聊。」

「好吧，他人在後院。」銀蓮花露出些微失落的表情，「唉，沒想到奏先生來這裡第一個要見的居然不是主子，罷了，您跟展冰雲聊完以後一定要來大廳跟主子喝杯茶才能走喔。」

「放心吧，我一定會見紅縷一面的。」奏星純笑了笑，便前往後院見展冰雲。路上奏星純倒想起了一件事，那時辛紅縷詢問展冰雲要用七十五年的壽命得到戒指，還是要囚禁在古董店永遠不離開這裡，展冰雲選擇了後者，辛紅縷當時說出「安德華拉諾特，這難道是你選擇這名少年的原因嗎」這句話。奏星純一直以為這是辛紅縷對展冰雲有無垢之心的讚賞，如今似乎有不一樣的解釋。

少年早就有遊戲現實社會的手段，掩藏在弱不禁風、憂鬱無害的外表下，是不寒而慄、玩弄大人的本質。

但這也許只是展冰雲用來保護自己的手段，倘若他真有駕馭人心的本事，不會讓自己在學校如此難堪，也不會讓自己的家人落到這般田地。因此，不擅交際、鬱鬱寡歡、情緒起伏不大也是展冰雲真實的一面。

為何少年會有這樣捉摸不清的性格？孤高傲慢猶如養尊處優的少爺，與師長同儕都有隔閡的孤僻高中生，社交手腕截然不同的面相居然出自同一個人，少年叛逆世故是複雜的環境孕育而成的嗎？暴發戶背景、私生活不檢點的家人，他十四歲的時候就踏入戲弄大人的浮華世界，可能那個地方才是他能隨心所欲的場所。

只不過這些僅僅是奏星純的推測。

而現在，那名少年就站在後院裡，一如往常和周圍的小貓小鳥說話，看他如此人畜無害的模樣，絕對無法想像他白皙的手腕上有著幾道怵目驚心的傷痕。少年的自殘行為顯示他待在縷紅新草古董店的每一分每一秒，都深深折磨著他。

比起後鳥羽，這名少年才是奏星純要先解決的問題。

查覺到有人前來，圍繞在展冰雲身旁的貓貓鳥鳥一溜煙就躲進樹叢裡，奏星純見怪不怪地聳肩，他已經不在意自己沒有動物緣這件事了。

「奏先生，午安。」展冰雲稍稍點了點頭，很有禮貌地打招呼。

「午安，有幾件事情我想問你。」奏星純從懷裡拿出一張剪報，是今年年初廚藝大賽得到冠軍的華裔廚師下落不明的新聞，他將之遞給展冰雲，「你見過這個人對吧？他曾經來古董店和辛紅縷交易。」

「是的，沒有錯。」

「你知道他為什麼失蹤嗎？」

展冰雲臉色一沉，停頓一下才語帶保留地說著：「銀小姐說這個人在店裡偷了東西，所以……」

「所以被店裡的保全給滅口了，雖然不知道是什麼樣的保全，但肯定效能非常強大。」奏純把剪報收起來開門見山問了：「你會開始自殘是廚師被保全收拾以後的事，是嗎？」

「奏先生怎麼知道這個時間點？」展冰雲不解地看著他。

「你的兄長偷了店裡的東西遭到詛咒，這是無可厚非的事，因此導致你必須待在古董店裡，目前對你而言幾乎是理所當然。但是自從廚師深夜潛入古董店偷取他亟欲想得到的東西，卻被強大的保全弄得死無葬身之地，你明白了一個規則——除非是辛紅縷故意，否則沒有人能在縷紅新草古董店裡不進行交易就帶走物品。你的兄長能偷走安德華拉諾特，是辛紅縷特地放行，這是你厭惡辛紅縷的原因。」

當然奏星純不方便對辛紅縷的作為多做評價，那名青年喜歡玩弄人類他早就心知肚明，跟辛紅縷談論道德倫理都無濟於事，況且最先有錯的是展冰雲的兄長，辛紅縷只是順水推舟而已。既然有送上門的人類帶給他樂趣，他將計就計也不無可能。

「我知道自己沒有立場厭惡辛紅縷先生，但我實在無法不恨他。」展冰雲低下頭說出了實情。

「其實讓你繼續待在這裡並不是好事，我曾說過會對你的處境想辦法，我說到做到，不過在這之前我得知道一些真相。你十四歲那年遇到人生的第一位飼主，他的屍體藏在哪裡？」

「奏、奏先生……」展冰雲驚慌失措瞪大雙眼看著奏星純，這名冷靜沉著的偵探只是拍了拍他的肩，語氣沒有什麼情緒起伏地說了：「不用緊張，我知道人不是你殺的，可你應該猜得出他的屍體被埋在何處。」

聽到這番話，展冰雲這才深呼吸了幾口氣讓心情穩定下來，他咬緊下唇像是在思索該如何回應，或者該從哪裡說起，想了又想終於開口說出實情，「沒意外的話八成是我家附近的空地，郊區地廣人稀，他被隨便埋在一棵樹底下，大概過幾年屋子被法拍的時候才會被別人發現吧。」

奏星純點了點頭，這跟他預想的答案差不多。

即使如此，有些疑問他還是得請展冰雲老老實實地回答他。

「殺他的人是你哥哥對吧？所以你沒有去報警。」

「……」少年不發一語望向別的地方，他額前過長的頭髮遮掩視線，奏星純無法判斷他現在的心情。

不回答了嗎？儘管展冰雲的反應在奏星純的預料內，但面對緘默的少年，他開始思考是否要繼續問下去。不，如果在這裡打住的話，他就無從評估少年的心理狀態，這麼一來往後會非常麻煩。

「他是你兄長的高中級任導師，來做家庭訪問時認識了你，究竟你們是如何發展出這樣的關係我就不細問了，倒是有件事我想跟你確認一下。」奏星純決定繼續追問下去。

「……」

「你的哥哥為了你殺過多少人？」

「……」

——Cut。

「我認識 Dominance & Submission 這間俱樂部的幹部，今天早上我寫信詢問他曾經與你接觸過的飼主們現在是否安好，他在信裡提到有幾位目前是失蹤人口，這些人在你退出俱樂部之後才人間蒸發，他認為這和你沒有什麼直接的關係，畢竟你的人品還算可以信賴。但這些人總不會無緣無故就在地球上消失，究竟是誰下的手我想你自己心裡有數。」

「……」

「他為什麼要這麼做？」

「……」

——Cut。

「實不相瞞，在你決定要永遠待在縷紅新草古董店時，我去過你原本的舊居一趟，你的房間有許多你哥哥偷來的贓物，戒指、項鍊、手環、耳飾，全都被你好好地收藏在櫃子裡。儘管你時常保養這些飾品，可從來沒有戴在身上過，唯獨你左手那枚戒指。他有偷竊的習慣，但未曾對財物下手，反而獨鍾這些小玩意兒，這是他取悅你的方式嗎？可惜他用錯方法了。」

「……」

「偷到安德華拉諾特之後就立即把戒指戴在你手上，你哥哥確實識貨，這雙象牙白牛乳般肌膚的手搭配安德華拉諾特很好看，他希望你身上能有樣東西是他給的，才會如此強硬地要你戴著，殊不知這小小的舉動卻引來惡意來訪。」

「……」

——Cut。

「你曾經想自殺對吧？」

「……」

——Cut。

「是因為你的兄長嗎？」

「……」

——Cut。

「你哥哥深愛著你對……」對嗎？但少年已經不准奏星純再繼續說下去了。

「拜託你不要再說了！」少年終於失控地說出這句話，蒼藍的天際完全不顧展冰雲的感受，熱風從遠處吹來，在在顯示這只是個稀鬆平常的午後。那位少年的情緒決堤，往常平淡憂鬱的模樣已不復見。

貴族出身、純正血統、優雅傲慢的幼犬，已然成為錯亂悲痛的狂犬。

少年悲憤道：「你想說他深愛著我是嗎？奏先生。不愧是大名鼎鼎的私家偵探，調查一個人的身分背景真是鉅細靡遺，你為何要干涉這麼多？你在可憐我嗎？因為只剩我一個人了？」

「哥哥深愛我嗎？」

「喔對，他的確很癡情。」

「你認為這樣正常嗎？」

「因為得不到弟弟，所以把接近弟弟的人都殺了，有這樣的血緣情感嗎？」

「我為什麼要自甘墮落到這種地步？是因為我喜歡嗎？」

「十四歲那年我第一次打從心裡喜歡一個人，但是那個人被哥哥殺掉了，就在我的面前，我至今都還記得一切發生的經過。」

「你想知道對吧？可以啊，讓我告訴你。」

「他殺了高中級任導師，然後埋在一棵樹底下，他殺人的動作是這麼自然，彷彿這種事他幹過不下幾次了。」

「天曉得他之前還殺了什麼人，他是混混流氓嘛，解決事情的唯一方法就是徹底讓對方閉嘴，可他這回殺的可是高中老師，別的不談，那位老師可是弟弟喜歡的人，他怎麼可以下手呢……」

「啊啊，拜託你不要再繼續傷害那個人了，他會死掉的。」

「那可不行啊，他奪走了我最珍貴的弟弟，血緣這種東西真的煩死人了，明明過去時代亂倫也是一種美德，現在卻要被法律制裁，這個世界也太不講理了吧，我會保護你的喔，不要再選擇其他人了。」

「我怎麼能夠選擇你，你是我的哥哥啊，為什麼要這樣讓我痛苦？」

「誰都好，帶我脫離這樣的糾纏吧，我已經受夠了。」

「我沒有辦法愛你，就因為這樣，所以你離開我了嗎……」

「為什麼要讓那些妓女碰觸你？你不要我了嗎？為什麼要丟下我一個人？」

「不要開玩笑了……我是你養的狗，給我負起一個飼主的責任啊。」

「再繼續那天晚上的事吧，我喜歡你的體溫和侵犯，我不會做任何反抗，任憑你怎麼對待，就這樣幹死我吧。」

「我最愛的人就只有你了，正因為喜歡你才要不斷吸引你的注意啊，追求看得到卻得不到的情感、碰觸離最近同時也是離最遠的身軀，反反覆覆確認道德界線的深淺，好好地只想著我的事情，好好地帶著我遠走高飛，到一個沒有人認識我們的地方重新開始。」

「是啊，我們重新開始吧……」喃喃自語，不知裡面有幾分真實、幾分謊言，展冰雲恍惚地望向奏星純，以極為虛無縹緲的語氣呢喃著：「奏先生，我可以跟辛紅縷交易，拿聖杯讓哥哥復活嗎？我之前聽到他跟一個女人的談話，屍體也好、骨頭也好、骨灰也好，即使只有一點點都可以讓人復活。」

「我可以這麼做對吧？我之前怎麼沒有想到？」

「這樣就太好了，哥哥可以回到我的身邊，再也不會離開我。」

——Cut。

奏星純嘆了一口氣，他真的很需要一根菸。

不，照現在的情況來看，他需要很多菸。

精神抑鬱的少年，十四歲那年第一個喜歡的人被兄長殺害，隨後埋在住家附近一棵樹底下，兄長這麼做的原因是，他深愛弟弟。

這對兄弟是在弟弟念國中時才住在一起，在此之前兄長寄居於祖父母家中，兩人從未見面。

西元一九八〇年出現了遺傳性性吸引（Genetic sexual attraction）這一詞，主要是指久未謀面或從未謀面的兄弟姊妹父母子女由於相似的遺傳基因而在相見之後會有強烈的慾望，導致亂倫發生。那麼這對兄弟有跨越倫理界線嗎？奏星純認為沒有，展冰雲對兄長抱持複雜的情感，喜歡的人被兄長所殺之後，他便試圖掙脫兄長的占有慾，在他離開俱樂部以前，他極盡所能地引誘社會上具有一定身分地位的成功人士，不過遺憾的是少年沒有拿捏分寸，致使他必須退出俱樂部。

有偏執情感的兄長，為什麼沒有強制性地染指弟弟？

恐怕這位哥哥想盡可能地維持一個「兄長」的形象吧，只是這個哥哥到最後居然是夥同狐群狗黨去酒店狂歡，把弟弟獨自留在粗俗的豪宅裡，這不太像是戀弟情結過分至極的哥哥會做的事。

唯一的解釋僅有安德華拉諾特。

因為這枚戒指的詛咒，使哥哥的思維變質脫軌。

釐清展冰雲內心的情感後，奏星純以濃厚倦意的眼神看著午後景色。

一位兄長用錯了愛人的方式，致使這一切面目全非。

而少年至今還活在地獄裡。

如果他讓展冰雲繼續待在古董店的話，恐怕有一天，不是少年承受不了壓力死在房內，就是他理智錯亂殺害辛紅縷，當然，那名青年沒這麼容易就死在別人手中，但不論是哪一個結果，展冰雲都得為自己的行為付出慘痛的代價。

這是他樂於見到的局面嗎？

曾經他因為自身的傲慢毀掉一名少年的生母與繼母，仔細想想，展冰雲跟那名少年差不多年紀。

代入也好、贖罪也罷，他都不想讓展冰雲跟少年一樣不幸。

「勸你最好死心，辛紅縷不會與你進行交易，你身上沒有他想要的東西。」奏星純淡淡說著：「況且我不認為這對你來說是最好的結果，你有屬於自己的人生，除非你甘願屈服於命運，若是這樣我無話可說。」

奏星純簡短幾句話吸引展冰雲的注意，少年因為那句「你有屬於自己的人生」恢復了大半理智，在這之前沒有人對他說過這樣的話，他回過頭看著善惡不明的偵探，很是疑惑這個人怎麼幾分鐘前狠狠刺傷他，現在又幫助他？這名偵探究竟在打什麼主意？少年不解的眼神相當露骨，任誰都能輕易解讀。

奏星純見狀只是不置可否地笑了笑，「The bird of Hermes is my name, eating my wings to make me tame. 出自瑞普利卷軸[6]裡的其中一段話，意思是吾名赫爾墨斯[7]之鳥，噬己之翼以馴己心。習慣被眷養的鳥兒放棄了自由，吞食翅膀讓自己對外在世界毫無眷戀。你當然能選擇一輩子都在華麗雕琢的籠子裡生活，也可以選擇傷痕累累地踏出鳥籠，去外面廣大卻又狹小的世界裡拾起僅剩的尊嚴存活，Life is about making choices, regardless of being right or wrong.」

「奏先生真的認為生命只有選擇，沒有對錯嗎？」展冰雲納悶問著。

「因人而異，嚴苛的條件下對部分的人來說無從選擇，不過那畢竟是一些極端的例子。你還不算是劍走偏鋒，把握一切機會擺脫命運，脫胎換骨吧。」

「話是這麼說，可永遠都得待在縷紅新草古董店的我有這個機會嗎？」展冰雲落寞地回應。

「還記得我對你說過，會設法讓你脫離牢籠嗎？」

「記得，不過我想應該沒有這麼簡單。」

「你想離開這裡對吧？」

「可以的話。」

「你有想過自己的未來嗎？」奏星純問著。

「我希望自己能成為一個可靠有用的大人，像奏先生您這樣，我過於軟弱，只想用投機取巧的方式讓自己擁有庇護，卻因為自己的無知拖累了許多人，面對別人的幫助連句感謝的話都未曾說過，我並不是奏先生您的責任，當初辛紅縷知道安德華拉

注釋——

6—瑞普利卷軸：精典神祕學之作，詳情請見本書 P256 的詞條說明。

7—赫爾墨斯：希臘神祇，能自由穿越世界，善於辯論，是發明與商業之神，此外他還是個狡猾的竊賊和騙子。

諾特在我手中時應該很想殺了我，是您周全了我的安危，我至今沒有對您說過一聲謝謝……只是拚命地想著自己的事情而已，說的也是，我只是一味地想著自己，要是過去我有好好勸告哥哥，他或許不會做出這麼多過分的事。」

「像我這樣可是很糟糕的。」奏星純笑了笑，「你的參考樣本最好再多一點，不過這不能怪你，能夠成為榜樣的大人你見得太少了。」

得到想要的資訊後，奏星純明白此時此刻正是處理要事的時機，他片刻都不能浪費，於是他轉身前往縷紅新草古董店的大廳。

臨走前奏星純說了一句讓展冰雲無比訝異的話：「我會履行對你的承諾，就是現在，你得到這個機會了。」

❖ ❖ ❖

縷紅新草古董店的大廳一如既往籠罩幽暗頹廢的神祕美感，蒼白俊美的青年坐在沙發椅上，見到奏星純的身影，辛紅縷的臉上露出細微的困惑表情。

彷夕暮和銀蓮花正在享用下午茶，姑娘可能沒有把奏星純來訪的事情透露給辛紅縷，一來是想給主子驚喜，二來是，她有點擔心奏星純跟展冰雲談完話後會直接離開，如今看來這份擔憂是多餘的。

奏星純和屋子裡的人全打了招呼，用無比愉快的心情坐在辛紅縷對面，不等青年開口詢問，他先發制人地說了。

「吶，紅縷，我們來進行一場交易吧。」

Episode 2

一蓮托生・下

始料未及。

僅能用這四個字解釋辛紅縷當下的心情。

如果這是一盤象棋對弈的話，總是處於先攻位置的他，這回被奏星純搶快了一步。

可青年終究是個老奸巨猾的商人，錯愕只維持一瞬間，彷彿他不曾有過這樣的情緒。

「這下有趣了，純君想跟我交易什麼？」

「安德華拉諾特。」

此話一說出，彷夕暮立即起身穩住銀蓮花手上的盤子，再慢個零點幾秒恐怕盤子上昂貴的茶杯與剛泡好的愛爾蘭咖啡都要報銷。

跟著奏星純進門的展冰雲，他那張萬年面癱的臉總算有了不小的變化，他萬分疑惑地看著奏星純，不是很明白為何奏星純會想要這枚具有詛咒能力的戒指。

反觀青年，他一直是個稱職的俊美石雕，聽到安德華拉諾特這個名詞時，眉頭角度毫無動靜，他優雅地端起紅茶淡然開口：「為何？」

「應該這麼說，我想要的不是戒指，而是它現在的持有者。」奏星純望向展冰雲，不意外地見到這名十七歲少年顯露不安的神情，他帶著無惡意的淺笑對展冰雲輕聲說著：「沒事，這對你來說沒有壞處，從現在開始所談論的都與你息息相關，你不妨坐過來這裡。」

展冰雲看了看彷夕暮，這名娃娃臉沒有表示什麼意見，他再看看辛紅縷，青年沒有與他目光對上，他最後將視線移到奏星純的方向，偵探指了一個離他不近不遠的座位，少年略為忐忑地走過去，小心翼翼地坐在沙發上。

「純君打算用什麼跟我交易？」

辛紅縷不再追問奏星純想要展冰雲的企圖，就像他不過問太爺飼養秦始皇有何理由，當然，也許兩者不能互相比較，辛紅縷只是現在不去追根究柢罷了，他知道奏星純事後會告訴他原因，他晚些時候知道也無妨。

「人生太寶貴了我當然不會用生命跟你交易，我見過印度的古董商用西台帝國穆爾西里二世的滾筒印章和埃及法老圖特摩西三世的戒指與你交換宋理宗的頭蓋骨做成的嘎巴拉碗[1]，以物易物也在你交易的範疇內對吧？」

「沒錯，純君自是知道安德華拉諾特的價值……」

辛紅縷有注意到奏星純腳邊的黑色皮箱，看來他這次是有備而來，「所以你準備了何種物品？能讓我一觀嗎？」

青年饒富興味等待奏星純的下一步棋。

嚴格來說，此時此刻是他們第一次正式交手，之前不過是無傷大雅的試探。

「As a matter of course, 不會讓你失望的物品。」奏星純從隨身攜帶的黑色皮箱裡拿出一只長方形盒子，德國製多功能防潮裝置，性能優秀價格昂貴，不過此時重點不在防潮箱有多實用，而是盒子裡的東西，那才是在場所有人關注的焦點。

「打開來看看吧，你會驚喜的。」

奏星純邊說邊品嘗著銀蓮花準備的愛爾蘭咖啡，小妞對他今天的來訪恐怕相當震驚，這杯咖啡放的糖比以往還多了兩倍……幸好甜度不至於讓他胃腸糾結，不然就降低了他愉快的興致。

辛紅縷不疾不徐地把盒子打開，裡面放的是一個古老的卷軸，五十公分寬，可以從邊緣磨損與發黃程度推測有一定年份，儘管歷史悠久，卷軸保存得相當完善，好幾世紀的時間流逝尚不足以摧毀文明結晶。

只是這份卷軸得打開觀閱才能一窺內容，古董店大廳沒有場地能讓辛紅縷欣賞奏星純帶來的驚喜，這卷軸若是攤開八成有五到六公尺長，需要一個無塵無菌的空間展示以避免卷軸受損。

辛紅縷是文物保存行家，他有數不盡的方法可以讓卷軸完整無缺地放在陳列櫃裡，前提是，這份卷軸得有資格讓他收藏於縷紅新草古董店的房間內，那麼，在不攤開卷軸的情況下，辛紅縷能得知裡面的內容嗎？答案是……

「純君，你是怎麼辦到的？這樣物品你究竟……」辛紅縷用一種不可思議的目光直直盯著奏星純，他無法再繼續說下去了，沒想到奏星純居然有這樣的能耐。

注釋——

1 一關於這個事件請見《縷紅新草》上集的第四篇黃金聖杯。

「我究竟是怎麼得手的嗎？你現在的表情真是可愛啊。」已經在內心發誓絕不失手的偵探露出高深莫測的笑意，「卷軸的主人曾經受到邪門宗教組織的追殺迫害，命在旦夕之際藉由我的幫助下脫離危機，從此隱姓埋名低調過日子。他的家族祖先與歐洲神祕教團密切相關，該教團稱為薔薇十字（Rosenkreuzer）[2]，是超自然神祕學派系之一。他手上有許多煉金術的珍貴文物，其中最具價值的就是瑞普利卷軸（Ripley Scroll），原著是十五世紀偉大的煉金術士喬治瑞普利，他在卷軸裡詳細記載如何製作傳說中的賢者之石[3]，只可惜目前為止仍沒有人可以理解卷軸的內容。」

「你……」辛紅縷有太多問題，他從未如此困惑過。

奏星純回道：「我何時開始準備這樣東西嗎？坦白告訴你也無妨，是今天凌晨四點。對方也相當辛苦，看到我發送的電子郵件時算算應該是當地深夜十二點左右，他肯定是急急忙忙請私人快遞公司搭最早直航班機火速送來我這裡。這樣東西他交給我了，古今中外多少人想從卷軸裡研究賢者之石的製作方法，坊間有不少瑞普利卷軸的複製本，倫敦大英博物館、劍橋菲茨威廉博物館、英國惠康研究所各自都有收藏，這樣數來它的複製品還真不少，而真品，就在你的眼前。」

把愛爾蘭咖啡喝完後，奏星純知道青年的那杯紅茶已經涼了，就他觀察，辛紅縷目前只喝了一口茶。

「如此不慌不忙嗎？」青年的語氣有著明顯的挫折。奏星純用不到一天的時間構思如何走這步棋，他是怎麼了？竟能被人這般簡單輕易就將軍，輸贏已經在他打開盒子的時候就分出勝負。

實在是太難看了。

奏星純沉默了五秒，最後緩緩說著：「我已經把我最好的牌獻給你了，要是你對這份驚喜沒有一絲動容，實在話，我也拿不出比瑞普利卷軸更好的東西。你手邊有死海文書最古老的羊皮紙抄本、基督教聖物、各式各樣的皇帝屍體和陪葬品，你無法到手的東西太少太少，瑞普利卷軸是我最後的賭注，也是唯一的賭注。」

注釋——

2—薔薇十字：中世紀歐洲神祕教團，以「人類全面改革」作為宗旨，跟煉金術有深厚的淵源，據聞薔薇十字內部的問候語是「願薔薇在你的十字上綻放」。

3—賢者之石：Philosopher's stone，一種傳說物質，能使一般金屬變成黃金、讓人長生不老、死者復活等等多功能用途，普遍認為是煉金術的最高頂點。

青年蒼白臉龐上的陰鬱逐漸釋懷，儘管這次交手他已經處於下風，可辛紅縷對此毫不在意，並不是因為他讓奏星純使出渾身解數進行 ALL IN[4]，而是這次交手實實在在證明了一件事。

這個男人完全瞭解他的需求與標準，他是被理解的。

他被人所理解。

光是這一點，辛紅縷便不在乎輸贏。

「展冰雲先生，請伸出你的左手。」辛紅縷說著。

展冰雲緊張地伸出戴有安德華拉諾特的左手，青年稍微碰觸黃金打造的戒指，這枚帶有恐怖詛咒力量的神物失去原本的光澤，宛如廉價仿造品一般。

辛紅縷將戒指取出，這枚束縛少年的指環終於從他手上脫離了。

「你自由了。」青年說著。

展冰雲不敢置信地張大眼睛，他愣愣地望向奏星純，偵探給了少年一抹溫和的笑意，並再次重複那句話。

「是的，你自由了。」

長久以來的痛苦與壓迫的情緒在那瞬間獲得了解放，少年從未想過自己也有踏出這個鳥籠去看看外頭世界的一天，他可以離開這裡，他可以選擇自己的人生，他可以重新開始……

展冰雲深吸了一口氣，過去種種讓他眼眶泛紅，這名沒有對任何人露出過笑容的少年，在這個時候有了一點點雨過天晴的微笑。

「謝謝你。」展冰雲說著。

這或許是他第一次打從心裡這般感謝一個人，從前身處於絕境，他不曾認為活著是一件值得喜悅的事，在家人還未過世時，他深深對兄長的所作所為感到痛苦，對父母的行徑感到失望，對學校的師長同儕感到排斥。

在家人都不在後，他更對獨自活下來的自己感到厭煩，日復一日想著這樣的生活還要持續多久？他再也感受不到一點美好，行尸走肉般空殼度日，也許幽魂都比他擁有更多情感。

注釋——

4 ALL IN：賭牌術語，意思是不留任何籌碼，全數賭上。

「妹子，妳能帶展冰雲收拾行李嗎？」奏星純看向彷夕暮身旁的銀蓮花，他剛剛本來想請小妞為她主子溫熱紅茶，用眼角餘光瞄了瞄夫婦的狀況，發現這對閃光就站在角落恨不得跟牆壁融為一體，直到辛紅縷解除安德華拉諾特的束縛並取走戒指後，這對夫婦才鬆了一口氣……

也對，奏星純猜想娃娃臉和小妞大概沒見過辛紅縷這麼難看的臉色。

想當初坐火車一路搖搖晃晃前去溫泉旅館時，銀蓮花時不時就擺出「主子別受委屈了我們馬上回古董店吧，都是奏爺不好，安排什麼溫泉旅行，座位狹小不舒適又不通風還人聲吵雜，真的是……」這種糾結的表情，奏星純沒看過辛紅縷動真格的模樣，他實在很難想像這名斯文優雅的青年失去理智是什麼光景？

或許銀蓮花和彷夕暮曾經歷過，但奏星純現在也沒有那種心思去打聽他們兩人的感受。

奏星純轉頭跟展冰雲交代道：「我會帶你離開這裡，你暫時先到星塵偵探社稍作休息吧，我得去辦妥一件事，事成之後我再帶你回住所。快去準備，我們再十五分鐘就要出發了。」

展冰雲點了點頭便跟銀蓮花一起上樓，彷夕暮識相地為辛紅縷溫熱紅茶藉機離開大廳。

落日柔和的橘黃光線穿透紅閃玻璃在地面形成絕美的色彩，處於繁華地帶的縷紅新草維持一貫幽暗靜謐的寂寥，青年單薄淡漠的身姿在瘦骨嶙峋的哥德式古董店內，多了幾分冷若冰霜的疏遠感，彷彿與世隔絕。只有奏星純的身影出現在古董店內，才為青年帶來更有層次的溫度。

「你為何要這麼做？」沒來由地辛紅縷突然問了這一句。

「很多原因，最重要的是我不認為他適合待在這裡。」

「把他拘留在此，你感到不愉快了嗎？」

「你有你的規則，我並不想破壞，不過我也有自己的原則，明明知道對方正處於理智崩潰的邊緣，我有能力卻視而不見就太垃圾。每個人都有一套處世方法，有人獨善其身、有人濟弱扶貧，這之中沒有誰對誰錯，也沒有誰三觀不正或道德高尚，純粹只是選擇。」奏星純沒有打算對辛紅縷說教，青年也不是能夠說教的對象。

「我喜歡純君的思維。」辛紅縷喝了一口紅茶如此說著。

「要是我再道貌岸然一點，你大概會把我轟出去吧。」

「何止。」

奏星純決定不去細問辛紅縷會怎麼對付虛偽不實的人，肯定下場是不會太好過。

沒有聊太久，展冰雲便提著一只小箱子下樓，和辛紅縷等人告別後，奏星純便載著少年去星塵偵探社。

他這路上都在想該怎麼走後門讓少年復學、取得新的身分方便在江湖走踏、是不是要安排一個打雜的位置給少年，偵探社招呼客人得遞茶水毛巾，這事總要有人做才行……等等一堆瑣事。

把展冰雲寄放在偵探社，接下來就是去一蓮托生了。

路程半小時，奏星純突然覺得縷紅新草和一蓮托生這兩家店沒有科技設備是件麻煩事，古董店他可以當作去觀光，船來品店可不是他能夠隨便的地方，這時如果可以靠電子郵件傳遞訊息就天下太平了，可惜事情沒有這麼簡單。

一路糾結糾結著總算也到人家店門口，郊外人煙稀少遺世獨立，奏星純盯著大門半晌，走了進去。

✦
✦
✦

「貴客來訪怠慢不周有失遠迎，抱歉。」

這名消瘦單薄的男子手上叼著煙管，過長的黑色頭髮恣意披散在肩上，踩著了無生趣的腳步從屏風內側走出來，聲音低沉悅耳還帶著微醺的慵懶氣質，那句「貴客來訪怠慢不周有失遠迎」的公關程度大概與服務業經常出現的「感謝您的批評指教我們會在近期內改善」一樣只是個順口溜。

奏星純壓根兒沒有放在心上，他找個能依靠的沙發椅就這麼站在旁邊，沒有坐下來喝杯茶的意思，這態度很明顯，就是辦完事後拍拍屁股立刻走人，擱下客套話寒暄招呼語，這地方他認為人生來過一次就好，不是什麼知名景點，少去為妙。

「時間寶貴，我們直接切入正題吧。」他從懷裡拿出幾張照片，是俱樂部委託人贈予給他，奏星純全數遞給後鳥羽，「這就是我給你的答覆，其實依照你的喜好光是照片大概無法完全滿足你，可我想你自己心裡也有數，這家店不適合再養稀奇物種了，尤其是人犬。」

後鳥羽那張提不起多餘興致的臉龐，在見到照片的內容後，忽然有了一百八十度的轉變，他終於明白奏星純帶這些照片來有什麼用意，只是奏星純是何時發現這個祕密的？

「你是怎麼知道的？」後鳥羽將照片整齊放在桌上，他方才提到「這家店不適合再養稀奇物種了，尤其是人犬」，證明這個人並不是隨便瞎猜，奏星純確確實實掌握了他獨特的興趣。

「你的壁畫。」奏星純將視線落在一蓮托生華美的壁畫上，「乍看之下是皮耶芒的幻想花鳥繪，但仔細看裡面掩藏了西洋穴怪圖像。有件事我必須說，古今中外能把穴怪圖畫得怪誕又具美感的人不多，你的壁畫倒是辦到了，極其瑰麗鮮豔、線條優美、用色大膽，有祕戲春畫的絕色，顯示你與眾不同的品味，要找到符合你喜好的 K9[5] 還真不容易。」

後鳥羽閉上眼睛思索一番後，過了三秒睜開那雙漂亮且充滿謎團的紫色眼眸，他依舊是高高在上的模樣，「照片上的人的確有當寵物的質感，我很想見他一面。」

「恐怕得讓你失望了，對方已正式脫離 BDSM 這個圈子，就算拿精美無比的契約書給他也會不受理。」

奏星純看過俱樂部委託人寄給他的調教合約，這是人犬調教非常重要的事前動作，主人與犬奴都得清楚瞭解調教的項目與規則，而委託人寄來的合約上頭很清楚寫著：在合約終止前主人完全接收奴隸的一切，包括身體、慾望、支配與懲罰，奴隸不得尋求或者聽從其他主人、第三者的命令指示，包含性與調教。

不得不說這份合約對奏星純來說實在很嚴苛……開宗明義第一句就寫著：珍惜你的愛犬，飼主需不定時充實自己的技術與知識，保持良好的安全性，付出對等的感情和關愛，穩定主奴的關係。充實技術和知識這點讓奏星純感到壓力，如果翻成一般人理解的文字想必就是：珍惜你的戀人，一位優秀的丈夫、男朋友需不定時充實自己的技術與知識，不論是生活上、床上或者車上，保持良好的安全性譬如保險套或者潤滑劑，付出對等的感情和關愛能夠穩定戀愛。

先不談男性了，大概女性看了也覺得困難重重……

這讓奏星純想到俱樂部委託人曾相當自豪地說過：「你知道嗎？BDSM 裡擔當

注釋——

5　K9：SM 術語，大抵來說就是人犬，由 CANINE（犬）這個名詞簡化而來。

S（泛指施虐者、主人、握有支配權的一方）的人先決條件就是強大的控制慾和征服慾，我見過不少S都是社會上有相當地位的白領階層。」或許這需要天生的人格特質，強大的控制慾和征服慾奏星純都俱備，可奏星純從沒想過要涉及這個領域，最大的原因是沒有這方面的興趣，第二個原因是，他實在不想花心神去充實技術和知識。

對此委託人過去還很感慨地表示「太令人惋惜了，BDSM這圈子少了一個人才」。

That is so enough……

「我應該有滿足到你吧。」肯定句，奏星純現在只等著後鳥羽解開奇美拉的來歷。

「你確實有資格和吾等一較高下，那麼就讓你看看這一切的起點。」

後鳥羽從櫃子裡拿出一張卡片交給奏星純，卡片的正面是非常奇妙的繪圖，月夜之下佇立著一團混亂沒有固定型態的肉球，而另一面是偏方三八面體。

「在光線照射下這個偏方面體會靜止不動，不過只要讓卡片待在陰暗處，偏方面體就會散發出閃耀的光芒，開始轉動。」後鳥羽喝著花果茶，淡淡說著：「這是喚醒奈亞……」

「奈亞拉托提普（Nyarlathotep），邪惡的神祇名稱，敢情邪神鬼怪也在一蓮托生的舶來品範疇裡嗎？」真是糟糕至極的局面。奏星純一臉嚴肅地將卡片還給後鳥羽，並在心裡深惡痛絕自己奇準無比的第六感。

當初踏進一蓮托生時，奏星純不禁聯想到洛夫克拉夫特這名科幻小說家的名言，「人的思維缺乏將已知事物聯繫起來的能力，這是世上最仁慈的事了。人類居住在幽暗的海洋中一個名為無知的小島上，這裡的海洋浩渺無垠、蘊藏無窮祕密，我們不應該航行過遠，探究太深」。

不得不提，這名小說家另一個成名句是「人類最古老而強烈的情緒，便是恐懼。而最古老最強烈的恐懼，便是對未知的恐懼」。

奏星純認為當時他待在一蓮托生裡想起洛夫克拉夫特是因為他對「未知」感到恐懼，後鳥羽和辛紅縷不同，這位舶來品店老闆冷酷得有如怪物一般，沒有人能透析後鳥羽對人類惡意到什麼地步？這個模仿人類模仿得太過相像的怪物究竟想要什麼？棲息於此地的理由又是為何？沒人知道。

但最好不要探究太深。

這份對未知的好奇心，很有可能讓已知的世界在一夕之間天翻地覆。

只是奏星純沒想到他初次來到一蓮托生時想起的洛夫克拉夫特，會與這回連續離奇命案如此有關。

奈亞拉托提普這個惡神出自洛夫克拉夫特筆下的《克蘇魯神話》[6]，祂熱衷欺騙以及誘惑人類，使人類陷入恐怖絕望的深淵裡是祂最高的喜悅，祂有許多化身，因此有千面之神、伏行渾沌者、無貌之神這些稱號。

「只要是活的且擁有形體，都可以是敝店的商品。」似是想到什麼，後鳥羽補充一句：「喔，我忘了，敝店不賣廉價的生命，至於廉價的定義有多廣，我想奏先生應該有個底。」

七十億這個龐大數量的人類肯定在廉價這個定義中。奏星純瞬間閃過這個想法。

「奈亞拉托提普跟奇美拉有什麼關係？」偵探問著。

「一名靈感盡失的小說家前來敝店，希望尋求恐怖的繆斯，他願意付出靈魂目睹恐懼的化身，於是，他獲得奈亞拉托提普，只要他在黑暗中拿出卡片，奈亞拉托提普就會現身於他眼前。小說家無盡的恐懼化為多種動物融合而成的野獸，我想這應該是奈亞拉托提普贈送給他的小小禮物吧？神就是這樣，永遠賜予禱告者更多更多祈求以上的事物。」

說完，後鳥羽似笑非笑地望向奏星純，「我猜猜，奏先生剩下的問題就是如何回收神的小禮物？事實上這不在敝店服務的項目內，可我太欣賞你的表現了，這就當作是額外附贈吧。」

但奏星純此時此刻完全擠不出一句「感謝」。

他幾乎無法理解後鳥羽的心思，那是當然，這傢伙不是人類，而且該死的他不知該拿後鳥羽如何是好，雖然這個想法蠢到無藥可救，奏星純真的有這個衝動打算在一蓮托生這間店附近立一個明顯的告示牌，上頭就寫著：前有黑店，請勿進入。

「杏仁核是大腦掌管情緒的中心，若杏仁核受損，生物的恐懼感便會薄弱，這是奈亞拉托提普最害怕的東西了。」後鳥羽邊說邊把一個小盒子放在桌上，「這裡面裝著植物羊[7]的小肉塊，可以吸引奇美拉前來。」

注釋

6－關於《克蘇魯神話》的介紹，詳細請見 P.255 的詞條說明。

7－植物羊：傳說中的生物，在中國還有歐洲的典籍裡都有記載，外觀就是一株植物上面有一頭羊，模樣很特別，建議去網路搜尋欣賞一下。

非常少的提示，不過對奏星純來說，夠用了。

收下盒子後，奏星純一秒也不想在這裡多作停留，他旋風般地開車離開這個鬼地方，目前最首要的任務就是將植物羊的肉塊交給警方，找個技術一流的狙擊手瞄準奇美拉的頭部，在杏仁核的位置開個大洞，這個離奇命案就可以結案。

他的計畫順利奏效，奇美拉在杏仁核遭到破壞後當場死亡。

本來有研究單位打算解剖這隻怪物的屍體，但奇美拉在斷氣沒多久後，軀體便消失了。

到底這隻怪物從何而來，沒有多少人知道，儘管警方有追問奏星純，但他不想透露太多。

一個人為了至高無上的恐懼，而把靈魂販賣給惡魔，這種毫無道理的事，奏星純有預感在之後只會越來越多。

現在，只是個開始。

✧✧✧

奏星純在警方宣告結束案件後三天，前往古董店拜訪辛紅縷，將一蓮托生的經過大致敘述給青年。

濃郁的伯爵茶香繚繞縷紅新草幽美的大廳，身分撲朔迷離、容貌俊美清冷的青年品嘗幾口銀蓮花的茶藝後，直直看著奏星純開口說著：「純君對我和後鳥羽的來歷目前還沒有任何線索，是吧？」

「是。」奏星純低頭喝著茶。

他查覺到辛紅縷的意圖，儘管青年表現得並不明顯，可他還是感覺得出辛紅縷已經決定要對他透露點什麼了。

「我想現在不是時候。」奏星純說著。

「還沒準備好嗎？」

「目前的距離很理想，再近一點就失去樂趣了。」

青年沒想到奏星純會這麼回答他。

不知是從什麼時候開始，越來越謹慎穩重了起來。

換作是剛開始認識的奏星純，也許會無所畏懼地說出「想攤牌？好啊，我隨時奉陪」這種話。

「純君變了不少。」

「是嗎？我還是非常輕率傲慢哪，自以為是這點大概會陪伴我一路進棺材。」

辛紅縷露出輕微的淺笑，「我倒是不討厭。」

奏星純眼看就要到晚餐時間，便提議：「慶祝奇美拉事件告一個段落，今天晚上我們一道出去用餐如何？」

「純君不考慮親自下廚嗎？」

「我下廚？」奏星純皺了皺眉，「你對我的廚藝這麼看重是很感謝啦，但比起彷夕暮，我的料理離好吃還有一大段距離。」

「你最近不是向他討教一番？應該有進步。」

奏星純扶額，「他什麼都沒有跟你說嗎？」

「說什麼？」

「我烤焦了魚，而且在展冰雲搬來我家住的那天，我又烤焦了一隻。」

「……」

「拜託你別用這麼責難的眼神看著我，不過就是烤焦一條魚，其他料理我還是挺靠譜的。」
「純君。」
「怎樣？」
「事實上……」
「你可以不用勉強自己說出來。」
「事實上你的廚藝不止沒進步，還退化了不少對吧？」
「最近事情多，哪有時間進廚房練習啊，算了不找藉口了，就去餐廳吃，走。」
「唉！」

Dark Secret

Monstrosity 這個名詞除了有怪物的意思外，
還有可怕的東西、殘暴、畸形這些含意。

雖然劇情裡沒有提到，但奏星純長期處於輕躁症的狀態，
睡眠時間比一般人少很多、隨時精力旺盛且充滿想法，
他本人似乎沒有察覺。

第2.5篇

插曲之二

「我最近開始懷疑中國皇帝都很難死透。我不希望丙美優和漢宣帝繼續這段沒完沒了的糾纏。」

「你真是個溫情的人。」

「不是吧，這位與世脫節的皇帝莫非要丙美優帶他認識這個世界？那先從智慧型手機教起吧，現代人沒有手機簡直要回到原始時代了。但你例外，科技產品出現在你身邊會讓我覺得格格不入，也請你繼續維持這樣的生活。」

「對這樣的我，你感到不便了嗎？」

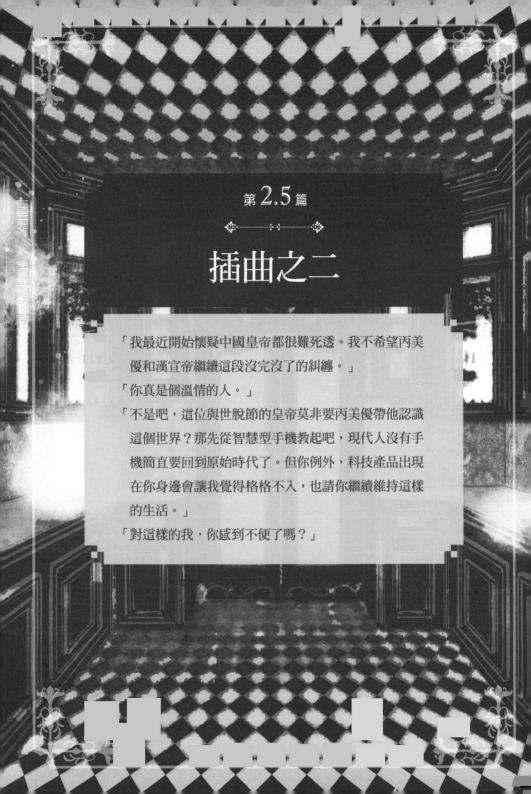

The part of article

華胥夜想

這段插曲是發生在奇美拉事件結束後三個月的事。

堪稱是奏星純接手的委託中，事件發展完全超乎他掌握的案子。

王朝瓷器現任社長丙美優在父親死後便接管家族事業，她的才能不亞於前社長，儘管年紀尚輕，卻經營得有聲有色。

這位清秀端莊的新社長目前還是個大學生。

奏星純先前協助丙美優調查前社長的死因，委託結束後兩人沒有繼續聯絡，他對待大部分的委託人都採取一貫合作態度，委託期間他使命必達，委託結束後各自回歸原本的生活。

奏星純一向盡量避免與委託人有過多接觸，除非是經常往來的對象，例如警方、例如某個大型企業總經理。

奏星純翻閱財經或時事雜誌時偶爾可以看到丙美優的名字。

王朝瓷器是歷史悠久的國際品牌，英國皇室以及各地名門貴族皆是這個品牌的愛用戶，雖然每年瓷器產量都有固定的數字限制，可營業成績不斷逐年攀升，粗略估計這名大學生社長的身價有六億左右。

那麼，一個顯而易見的問題來了。

社會治安是否足以讓身價破億的大學生，出門在外無安全上的顧慮？

答案是，很有問題。

奏星純前天才從雜誌上看到丙美優這三個字，同一週就接到王朝瓷器社長祕書的委託。

對方言簡意賅地表示：「社長遭到不法分子綁架，對方索取五百萬美金，您能找出社長目前的所在地嗎？」

什麼？綁架？奏星純可是花了足足二十秒才消化丙美優被綁票的事實。

先不提王朝瓷器是否有辦法拿出五百萬美金，他得在不法分子暴力對待丙美優之前找到她的下落。

一般而言，綁票藏匿地點不外乎是偏僻的郊區、廢棄屋、荒島這些地方，都不是靠網路搜尋就能得到眉目，得透過目擊者提供情報才能拼湊可能的所在地。

所幸不法分子開口要錢通常是透過電話告知，這也是搜查綁票所在地的方法之一，奏星純立即就把這部分交由初塵處理，最麻煩的事由他來著手，盡可能在最短的時間內找出非法分子的行蹤。

結果委託才剛進行而已，警方就以迅雷不及掩耳的速度通知奏星純那幫非法分子現在的狀況——全滅了，死狀悽慘到令人忍不住要同情他們的處境，被生鏽的鐵絲貫穿身體，皮膚各處還留下怵目驚心的熱鐵烙痕。

將這群惡徒繩之以法的正義使者看來是以暴制暴的類型。

奏星純前往現場勘驗，確實慘不忍睹。

別問初塵是否有去看看這票壞人的下場，為了避免夜長夢多，他選擇在辦公室裡留守。

被害者的身體裡有生鏽鐵絲這樣的情景，讓奏星純相當熟悉。

印象中，他曾見過類似的手法。
王朝瓷器前社長。
丙美優的父親被傳國玉璽詛咒，身體四分五裂且雙眼和嘴唇遭鐵絲縫合，對照非法份子的情形來看，正義使者應該和傳國玉璽脫離不了關係。

❖❖❖

奏星純拍了幾張死者的照片後，就去縷紅新草古董店找辛紅縷研究研究了，估計這些獵奇照片對青年沒有半點殺傷力，因此奏星純取樣的角度特別前衛，很考驗普通人類的心理素質……
不意外地把銀蓮花妹子嚇得花容失色，至於辛紅縷，青年的臉毫無變化，是個無比完美的冰雕。
「我看到這些鐵絲就覺得懷念，和傳國玉璽的詛咒有異曲同工之妙，你說是不是？」不濟事的銀蓮花連茶水都沒端出來招待客人就跑去庭院紓壓了，奏星純只好一臉無奈地坐在沙發上喝著自己調製、味道不怎樣的咖啡。

「你似乎不怎麼擔心丙美優小姐的安危。」辛紅縷淡淡說著。

「綁匪橫屍現場找不到她的身影，她失蹤了。」

「我感覺不出你很緊張。」

「怎麼會？我很緊張。」

「哪方面？」辛紅縷放下茶杯好整以暇地交疊雙腿，外頭綻放盛夏鮮豔的花卉，濃郁到古董店大廳內也能輕嗅花香。

一個和平的午後，如果不去理會桌上擺放的照片的話。

「我最近開始懷疑中國皇帝都很難死透。」秦星純文不對題的回應。

「純君忘了我先前把宋理宗的頭蓋骨交出去嗎？」

「沒忘，但前幾個月你還讓我見到活生生的秦始皇。」秦星純索性把咖啡擱在一旁，看樣子是不打算再動它了。

秦星純分析道：「去年調查完王朝瓷器前社長的事之後我沒有想太多，是看到綁匪的死法才讓我注意到有這樣的可能性，你那個時候有提到傳國玉璽所認定的皇帝會得到玉璽的祝福，不會衰老也不會步入死亡，所以漢宣帝才會用自殺來脫離玉璽的力量。然而，前社長在死之前把玉璽放在漢宣帝的棺木上，這或許產生了一些變化，西元前四十八年就自裁殞命的皇帝被玉璽重新喚醒，宛如陰魂不散的千年幽靈徘徊在人世間，抱歉，不應該說他是幽靈，皇帝的規格自然是比較高等，那就姑且稱作殭屍吧，一具千年帝王殭屍。聽起來很天方夜譚，你認為這個不可思議的靈異事件發生率有多高？」

辛紅縷感覺得出奏星純的語氣有些微不滿，說得也是，漢宣帝可能會因為傳國玉璽的力量重新復活這件事，他可以在當時就提醒奏星純，不過他沒有這麼做。

那是當然。

他不需要這麼做。

這就是遊戲的樂趣。

把圈套布局算計都一一暗示給對手知道，豈不是毀了遊戲的趣味性？

他想看看奏星純如何擺平漢宣帝，這跟受制於人的秦始皇不同，漢宣帝在中國數百位皇帝裡一向是無所畏懼、冷酷深沉的代表，只要這位皇帝願意，摧毀民主體制回歸君權制度、把這幾百年的自由型態拉回統治時期，所要花費的僅僅是時間而已。

奏星純如何牽制漢宣帝、又或者要如何和帝王較量？他辛紅縷可以作為一個旁觀者仔細欣賞。

「純君。」辛紅縷露出一抹高深莫測的笑意，「這很有趣不是嗎？」

「是，很有趣，可我不希望丙家和漢宣帝繼續這段沒完沒了的糾纏，前社長已經鞠躬盡瘁地把玉璽還給劉詢，倘若丙美優與千年殭屍牽扯太多，前社長的犧牲與付出就太沒意義了。」

「……」辛紅縷沉默了幾秒，最後輕聲嘆息，「你真是個溫情的人。」

「相信我，知道奏星純是誰的傢伙們如果聽到這句話，他們會迫不及待地想要來反駁你，特別是最近經費吃緊的警方。丙美優在漢宣帝手中應該不會有什麼大礙，但他滅了那票綁匪卻不讓丙美優回到王朝瓷器，這具千年殭屍究竟有何打算？」說完，奏星純忽然想到什麼似地冷哼一聲，「不是吧，這位與世脫節的皇帝莫非要丙美優好好帶他認識這個世界嗎？也是也是，先從智慧型手機教起吧，現代人沒有手機、電腦簡直要回到原始時代了。」

他還不慌不忙地瞄向辛紅縷聳肩表示，「你是例外，科技產品出現在你身邊會讓我覺得格格不入，也請你繼續維持這樣的生活。」

驀地，辛紅縷淡然問著：「對這樣的我，你感到不便了嗎？」

「不會，畢竟你總是待在這裡，我要聯絡你只要打通電話或親自來訪就成了。只是我一直覺得你一天到晚都待在古董店未免太悶，明明可以出去見見其他地方的景色、體驗不同人文風情，可你很少這麼做。認識你至今只看過你出兩次遠門，英國古董展、溫泉旅行，沒了。」

「因為我，不感興趣。」青年給出了這樣的答案。

完全不意外。

奏星純認為這個話題就此打住是明智之舉，現在最要緊的就是尋找漢宣帝和丙美優的下落，再來是如何解決千年殭屍這個麻煩。

漢宣帝劉詢，漢朝第十位皇帝，曾祖父是名氣響亮的漢武帝，不過這位年輕時智勇雙全、年老時疑心病重的曾祖父因為一場顯而易見的陰謀，把劉詢的家人清理得乾乾淨淨，當初原本沒有打算放過還是嬰兒的劉詢，是丙美優的祖先丙吉努力保下這個孩子，才讓剛出生數月的劉詢逃過一劫。

當了好幾年的平民，在政治需求與高官的操弄下，劉詢十八歲登基。他面對的是權傾天下、極富才能與智謀的能臣霍光，漢宣帝在朝廷裡還未建立自己的人馬，他需要霍光維持政局穩定，因此對這位權臣相當禮遇。

但霍家野心勃勃，為了鞏固霍氏一脈在朝廷的影響力，霍光的妻子設計毒殺劉詢在還是平民時結髮連理的對象，如願以償地讓女兒成為漢宣帝的皇后。劉詢知道這一切的安排與計謀，可他不能與霍光起衝突，於是他全忍了下來，直到霍光去世，這位英明理性的皇帝終於展現他冷酷深沉的一面，他用兩年的時間將霍氏剷除得一個也不剩，霍光的女兒被迫自殺，漢朝政治大權徹底落入劉詢的手中。

非常刺激。

奏星純此次遇到的是這樣的對手，不動聲色斬草除根、理性至上、冷靜霸道的皇帝。如果漢宣帝決定隱名埋姓安穩過日子，自然沒有問題，倘若他打算復刻漢朝，那麼劉詢將是奏星純目前遇過名列前茅極具挑戰性的敵手。

很可惜的不是第一，這個位置早在十五年前就有人妥妥地坐上去了。

就在這時，彷夕暮帶著複雜的神情走進縷紅新草古董店，奏星純看到他相當訝異，如果他沒記錯，這位娃娃臉畫家正進行為期三年的世界巡迴展覽，先從本國開始，這個時候彷夕暮應該正準備前往別的城市才對。

「你怎麼會來？」奏星純很是納悶，他還看了看手錶上的時間，「下午不是巡迴畫展的開幕茶會嗎？」

「我太太說你拿恐怖照片嚇她。」

彷夕暮注意到桌上擺著幾張限制級寫實照，忍不住拿了幾張來瞧瞧，「就是這個嗎？喔喔是挺血腥的，這照片是奏先生你拍的吧，真是個壞蛋哪，挑這種角度、這種取景也太考驗別人的心臟。」

「我只拍攝重點，這是追求實在。」

「是是。」把照片還給奏星純後，彷夕暮疑惑問著：「怪哉，這不太像是天才獵殺案的死法，難道最近又有別的離奇命案嗎？」

天才獵殺？

這下換奏星純不解了。

「你剛提到的是什麼？」

「昨天和經常往來的藝文記者吃飯時聊到的話題，已經有三個被害人，都是物理、數學、理工系的菁英，屍體地點包括廢棄大樓、地下道、偏僻車站內的廁所，死因是 Lewisite。」彷夕暮說著。

對皮膚造成劇烈糜爛作用的刺激性毒劑，人體接觸後會因為呼吸道潰爛而死，在化學武器的發展史上占有非常重要的地位。英國人在二次大戰研發出 Lewisite 的解毒劑，使它的軍事價值大幅降低，現在幾乎沒有生產了。這種毒劑的取得管道相當狹隘，又不能從地下市場購買，一些好戰國家會選擇其他更具殺傷力的毒劑量產，因此 Lewisite 有很大的可能性是犯人自行製作。

看來凶手也是個天才。

「太令人失望了，我不知道有這麼刺激，呃不對，我不知道有這麼悲傷的事情發生，完全沒有接收到這個訊息，嘖。」奏星純雙手抱著頭部似乎很懊惱，要是警方要他調查天才獵殺案，那他現在就有兩個挑戰纏身，這是多麼美妙的一件事，他夢寐以求的就是這種生活。

「肯定是你出價太高都不敢來委託了，奏先生你自己說說奇美拉那樁事你開價多少？」彷夕暮反問道。

「不過是嗶嗶嗶這個數字。」金額龐大只能消音處理。

彷夕暮立即露出「你看看你，給不給人活啊」這麼鄙視的眼神。

「這價碼開得一點也不過份，我可是良心事業。」奏星純對天才獵殺案燃起無比旺盛的興趣，連忙問著：「那些天才被害者有留下什麼線索嗎？」

「第二位被害者用碎玻璃在地下道的地板上刻下 17QED。」

用碎玻璃在地上刻字會割傷手指一定很痛，肯定是被害者在臨死前最後的咆哮吧？奏星純暗自思忖。

十七能夠聯想的東西實在太多了，路加福音第十七章、竹鶴十七（日本威士忌酒）、改變世界的十七個方程式等等，至於 QED 應該是 Quod erat demonstrandum 這串拉丁文的縮寫，意思是證明終了。

到底是想證明什麼？目前得到的訊息有點少。

然而時間卻不讓奏星純有這個心神可以思考天才獵殺案的疑點，一通電話逼得他立刻告別辛紅縷和彷夕暮，火速回到星塵偵探社處理「意外」。

✧✧✧

偵探社的玻璃門打開，一入眼就是初塵那張不知所措的臉以及平安歸來的丙美優，看來大小姐別來無恙，可喜可賀。只是這位年輕社長看起來心事重重，難道這段時間發生了什麼不好的事情嗎？

奏星純想一問究竟時，丙美優先出聲了：「奏先生，您能讓劉詢回歸正常人的生活嗎？因為傳國玉璽的力量，他至今還漂泊在漢朝都滅亡千年之久的世界裡，當一輩子的亡國皇帝，光想就讓人覺得可憐。」

……至不至於啊。

奏星純聽得都頭痛欲裂。

「我昨天還在處理妳的綁票案件，今個兒倒是給了我新的委託，也太日新月異。」

啊啊該死，真的該死，虧他還滿心期待和漢宣帝來個梟雄般的較量，居然就莫名其妙告吹了，看來手邊唯一的娛樂只有天才獵殺案，可惡。

「坐下來吧，我們好好談談。」他說著，丙美優滿懷歉意地坐在奏星純對面。

「妳這麼關心他是因為他救了妳嗎？」奏星純問道。

「不全然是。」

「是因為妳們丙家跟漢朝皇室的糾葛？」

「也不是。」

「單純同情？」

「可以這麼說。」

奏星純嘆了一口氣，「妳跟他已經沒有任何關係，前社長仁至義盡地把傳國玉璽交給漢宣帝，劉詢今後的人生到底要怎麼過妳實在不用插手。他救妳可能只是想償還這份恩情，妳謝過他就行了，為何要讓自己陷入這個泥沼裡？」

「我想換作是父親，也不會坐視不管。」

「換作是妳父親，他根本不會隨便被人綁架。」

「奏先生……」丙美優顯得很不安，「我唯一能拜託的人只有您，我知道自己給您惹了很多麻煩，但我實在不忍心看劉詢這樣，他已經什麼都沒有了。」

「看來他應該對妳說了什麼才讓妳對他同情至此，不，或許他什麼也不用說，憑你們丙家天生責任感強烈的性子，每個都會把周全劉詢人生當作自己的權利和義務，說到底，姓丙的天生就是對劉詢沒轍。」

奏星純看著丙美優，許久不見這位姑娘變得更加堅強樸實了，但身上仍舊有涉世未深的稚氣，如果沒有王朝瓷器那些能幹的忠心分子，丙氏的家族企業八成已經落入他人的手中了吧？

「我不幫妳的原因有兩個，第一，妳付不起這個委託的報酬，第二，就算是王朝瓷器也無法付出這個委託的價碼，更別提劉詢了。」

「奏先生……」丙美優的臉上布滿失落的表情，「我明白這次實在太強人所難了，非常抱歉，我只是想讓劉詢能過普通人的生活，他可以展開另一個人生，用新的身分活下去，倘若他一直受到傳國玉璽的束縛，就只是漢宣帝的亡魂而已。」

同樣都是徘徊在現世的千年皇帝，卻有截然不同的際遇，秦始皇和漢宣帝、太爺和丙美優，迴異的心思極端相反的環境，成就兩種相斥的局面。

可奏星純對太爺的出發點並不反感，儘管他飼養秦始皇只是為了滿足自身的慾望。他當然也不覺得丙美優的想法很可笑，這年頭還能找到心無邪念的人，比中獎機率還低。

「算了，我接下這個委託，不過我有一個要求。」奏星純說著：「這是妳最後一次作為星塵偵探社委託人的機會，往後不論妳遇到任何事、任何困難，我都不會再受理了。」

此話一出，連初塵都囧囧有神地看向奏星純。不用多說，誰都可以輕易感覺到這傢伙是認真的。

丙美優的身體僵直了好幾秒，她恐怕在前來之前沒有想到這是奏星純最後一次接下她的委託。

她沒有這方面的心理準備，但身為一個品牌的領導者，她果斷地做出取捨。

「我明白，真的很感謝您，奏先生。」丙美優真摯地低下頭，付不出委託費的她瞭解這是奏星純賞識已故父親的為人處事，無酬接下這個案子。

「先回去吧，我立即就處理這件事。」

丙美優連番謝過後便離開星塵偵探社，初塵沒有多問，只是很勤奮地幫他買了手沖咖啡，知道奏星純無酒不歡，還加了一些威士忌在裡面。

其實奏星純要完成這項委託不是難事，他可以詢問辛紅縷解開傳國玉璽詛咒的方式，若玉璽效力失效劉詢會化成白骨或煙消雲散，他相信辛紅縷那邊也有一百零一種以上的方式能維持劉詢的生命。玉璽再怎麼說都是秦始皇請工匠打造，是人做出來的東西就有辦法毀壞，這不成問題，所以他能爽快地允諾丙美優。

讓奏星純毅然決定不再接受丙美優委託的原因是，姑娘與她的父親不一樣，前社長絕對是秉持有多少能力做多少事，而丙美優是抱持無論能不能做，先做再說這樣的思維。不能說她錯，只是奏星純對這樣性格的人相當無力。

他也有個人喜好，辛紅縷在「有意思」的範疇裡，太爺在「欣賞」的範疇裡，展冰雲在「加油」的範疇裡，初塵在「信賴可靠」的範疇裡，丙美優在「煩躁」的範疇裡。

鄰居和後鳥羽在「危險」的範疇裡。

奏星純飛快聯絡辛紅縷討論怎麼解除傳國玉璽的詛咒，這名青年給了他一個驚人的答案——

「摧毀傳國玉璽可以解除詛咒沒有錯，但現在我們有一個不毀壞文物也能讓劉詢過正常人生的方式。」

「把玉璽還給秦始皇，物歸原主，詛咒就會消失，劉詢可以繼續活著，就跟一般人一樣，不過要注意的是他會失去玉璽的力量，往後劉詢再也無法如此輕鬆愜意地把人大卸八塊。」

「我想作為一個普通人，他不需要把人生吞活剝的技能。」奏星純沒想到事情可以這麼簡單，秦始皇的存在倒是幫了一點忙，「玉璽回到嬴政的手中對他會有什麼影響嗎？」

「什麼也沒有，對玉璽而言，嬴政雖然是合適的皇帝，但他不是普通人類，玉璽會處於一個混亂的狀態，它無法分辨嬴政與劉詢哪一個才是國家的統治者，這個狀態可以維持劉詢正常的壽命，務必注意的是漢宣帝若不小心死了，可就真的死透了。」

「感謝你的提醒。」

既然有方法，奏星純也不耽擱時間，效率極佳地和太爺取得聯絡，謹慎地把傳國玉璽送出海，正式結束這次的委託。

這一連串的過程中他沒見過劉詢的真面目，奏星純對漢宣帝是長什麼模樣沒有太大的興致。

殊不知這只是一個任誰也無法察覺的開端，所有棋子慢慢走向正確的位置，只等著遊戲在不為人知的情況下拉開序幕。

沒有人知道。

❖❖❖

了結丙美優的委託後，奏星純向警方打聽了天才獵殺案。

坦白說，條子們很意外他得知這個連續命案，明明新聞媒體被封得滴水不漏，他到底是經由什麼管道知情？

「你也太神通廣大，我們並沒有對外發布這個消息，你是怎麼……」

「我是怎麼掌握的嗎？」午後的熱風吹得奏星純心煩意亂，露天咖啡店就是這樣，又是沙又是菸的各種味道飄散，他不耐煩道：「懶得解釋了，你們這次的進展看來很順利，恭喜。」

「你的恭喜不用這麼咬牙切齒。」警方只好拿出一個牛皮紙袋遞給奏星純，「我就對你坦承吧，這案子高層那邊有人管了，是個外表斯文斯文但骨子裡不擇手段的傢伙，是相當能幹沒有錯，可每次出手都讓人毛骨悚然，他曾經為了殲滅一個跨國非法集團而讓兩個線人死得不明不白，非常敢犧牲。」

「有趣的人。」奏星純不以為然地笑了笑，把牛皮紙袋裡的照片和文件看了一遍，三位被害人確定是受到毒氣侵蝕而死，只有第二位數學系學者有留下訊息。

17

QED

分開的兩行字。

為了寫下這個訊息，被害人潰爛的手指滲出鮮血，拿玻璃在水泥地上刻字可不是安全的事。

「怎麼樣？你有看出什麼嗎？」刑警問著。

「你很吵。」奏星純知道這是一場智力較量，警方那邊也有優秀的人物在處理這檔事，他可不希望自己的解謎落後了。

Q.E.D，證明完畢。

有什麼事情是證明完結而且與十七有關？

留下這個訊息的人是個俄籍數學天才，忍著劇痛也要盡可能地提供線索，不直接把凶手的名字寫出來的原因是什麼？對方的名字太長？對方不是俄國人而是他國人民，被害者可能知道凶手的身分，但無法拼出凶手的名字，所以只能提供一些特徵？這兩者都有可能。

17，QED，這之中有什麼含意？

驀地，奏星純腦中閃過一個人名。

卡爾弗里德里希高斯（Johann Karl Friedrich Gauß）。

著名的德國數學家，在數學及天文上有許多貢獻。

二項式定理、質數定理、幾何平均數都出自於他的發現。

這名稀世數學家最有名的就是——

「正十七邊形尺規作圖，用來證明古希臘三大幾何數學題，是高斯他……」

奏星純還沒說完，身後便傳來一陣低沉沙啞的聲音。

「高斯在十九歲構造出十七邊形，這就是17QED的解答。犯人是十九歲就有傑出成就的數學天才，你知道他，那個人就是罹患白我挫敗人格自殺死亡的少年的數學老師。」

再也沒有比現在更惡劣的際遇了。

仔細想想今天是那個日子沒有錯，諸事繁忙，他竟然沒有留意這麼重要的事。活在這世上果真大意不得。

奏星純緩緩轉頭過去，看到那個人站在離他兩尺遠的地方，穿著淡色襯衫及窄版牛仔褲，完全看不出那個人與他同年齡。

外表很年輕，雙手布滿隱隱乍現的青筋，蒼白過瘦，額前的頭髮幾乎要蓋過眼睛，那個人始終維持一抹難以揣測的淺笑，裸露在外的鎖骨非常漂亮，是個擁有透明感、毫無攻擊力的男性。至少乍看之下是這樣。

五官不算深邃卻也不流於平板，薄唇、臉頰消瘦，在兩旁有細小的黑痣，整體乾淨清秀還帶著莫名的無垢邪氣。

「好久不見了，星純。」那個人說著：「我一出來透透氣就想見你，還是老樣子呢，沒什麼變。」

「……………的確很久不見。」他半晌也只能擠出這句話。

「想跟你再多聊一下，不過這邊有些正經事要辦。」那個人看了看不遠處，附近停了一輛高級房車。

從奏星純的角度能見到房車後座有什麼人，是個男性，大約三十歲以上不到三十五歲，對方穿著高級西裝正講著電話，奏星純身旁的條子們小聲說了：「就是那個高層。」

原來如此，原來是這麼一回事。

「你剛剛的形容確實精闢，每次出手都讓人毛骨悚然。」他也小聲地回應條子。

「對吧對吧。」這大概是頭一次警方跟奏星純這麼有共識。

「有空再敘舊吧，相信之後你和我的生活都不會太無聊。」那個人準備轉身離開。

「你正在跟警方合作嗎？」奏星純問著。

「是啊，因為很有趣。」那個人笑了笑。

「所以你順便調查了我的事？」

「不是順便，是專程。你是我唯一的朋友嘛，我可是很努力地填補這些年我沒參與到的空缺，放心吧，有關你的事，我都知道。」

還真敢說。奏星純皺了皺眉。

「就先這樣，我走了。」突然想到什麼，那個人轉身對奏星純說著：「喔對了，忘記告訴你一件事……這次是我贏了。」

——Shall we begin？

Dark Secret

奏星純有史以來的敗仗，
是在九月十七日甫出獄的鄰居，早他一步得知謎題的答案。
任誰也無法察覺的開端，所有棋子慢慢走向正確的位置，
只等著遊戲在不為人知的情況下拉開序幕。

這段故事是借用克蘇魯神話的設定，
沉睡在太平洋海底的恐怖神祇克蘇魯，
只要繁星來到正確的位置，他便會醒來為世界帶來無窮災難。

但目前的劇情基本上與這個神話完全無關。

第3篇

番外之初遇

「我在辯論會以外的時間是個正常人，
會困惑不解生氣是理所當然的事，
而且故意露出破綻讓對手得意忘形也是個心理戰。」
「確實是，我認同你的觀點，
在辯論會以外的時間就是普通人，
那麼我們來聊天吧，談談彼此的人生如何？」
「我一定是吃飽撐著沒事幹，才會跟你聊未來展望。」

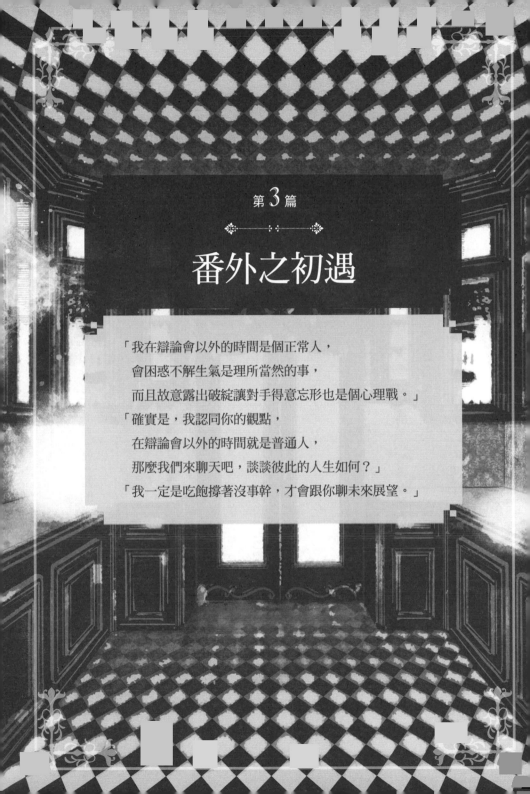

Side Story

美學空想

如果要初塵形容當時的邂逅，他只有一個結論——敢情世界所有的不幸都在那一刻降臨，才會遇到這種鬼事。

先前他就有聽說辯論社的主將是個才高八斗、學富五車、自視甚高、目中無人的自戀狂。

就不談自戀是不是天才的通病，至少初塵認識的才子有九成以上都認為自己已經進化高端，其他人都停留在原始時代，跟凡夫俗子在同個空間呼吸同個空氣會窒息。

因此那些才子們的名言就是「跟笨蛋說話會被傳染」，不然就是「愚蠢這種病沒藥醫」。

大學的辯論社被譽為高智商俱樂部。

要加入辯論社得進行一場又一場考試，錄取率大概是三百分之一，初塵一路過關斬將，終於妥妥成為辯論社一員。

辯論社依照攻防屬性分成黑白兩組。

黑組成員擅於提出「有力的事實」證明他們的論述無誤，或者找出對方的語病、論調薄弱的地方進行反駁。

白組成員比較喜歡用潛移默化的方式讓對方接受他們的論點，攻擊力不強但守備力滿點，適合持久戰。

初塵一心一意想加入白組。

他從國中開始就對辯論相當感興趣，會考上這所大學也是因為這間學校的辯論社非常具水準，比起狠狠打擊對方的理論，他更享受對方從反對漸漸轉成認同，因此填報名表時，他毫不遲疑就在「想進入的組別」下方寫上大大的白組。

儘管辯論社最知名的是黑組，主將、副將都是校內響叮噹的人物，聽說這兩人是表兄弟關係。

哥哥是法律系百年難得一見的稀世天才……這個評價還是法律系頗富盛名的教授所給的，弟弟是文學系被寄予厚望、未來無可限量的高材生，兄弟倆是世界大學辯論賽百戰無敗的黃金組合。

完成測驗後，初塵知道自己進入辯論社萬無一失，黑組人才濟濟猶如普羅米修斯社團[1]，白組雖不如黑組那樣璀璨耀眼，卻也是個極富挑戰的地方，憑他的優秀才智，要加入白組絕不是難事。

就這樣抱著「哥現在就是等通知，自我介紹都準備好了隨時都可以徵召我」如此自信滿滿的心態，在辯論社考試結束後的第三天，初塵和那對讓世界不幸的兄弟倆相遇了。

抱歉，正確來說應該是「和那對兄弟相遇根本是集結世界所有不幸於一身」，夏日熱風從樹叢間徐徐吹來，枝葉騷動細細聲響，這般愜意舒適的午後，初塵在大學中央庭園一隅和辯論社的兩大王牌相遇了。

一開始他不知道站在樹叢裡的那兩位同學是誰，彼此都站在雙方看不到的地方，初塵也沒有那個興致瞭解附近有那些同儕，他只想圖個安靜享用油條與飯糰，結果吞了兩口就聽到兩位同學的談話，差點吃不下去。

「有件事我想請你幫個忙。」

真是文弱的嗓音，應該是個氣場不強的男性。初塵邊啃著油條時邊想著。

「棘手、刺激嗎？」

糟糕，這聲音怎麼聽來如此熟悉？初塵吃東西的速度慢了下來。

「對我來說相當棘手。」

「說說看吧，你遇到什麼問題？」

「你能說服我父親讓他同意我加入觀星社嗎？」

嘆了一口氣，那個讓初塵把油條卡在喉嚨裡不上不下的傢伙說話了，「這種小事你就不能自己想點辦法？」

那瞬間初塵知道那兩人是誰了，這傲慢聲音的主人化作灰他也認得。

樹叢後十之八九是辯論社的黃金組合，擔當主將的法律系表哥與擔當副將的文學

注釋

1 普羅米修斯社團 Prometheus Society：國際性組織，加入這個社團唯一條件就是高智商。事實上世界各地這種網羅天才的國際性組織不少，普羅米修斯社團的條件非常嚴苛，比它還寬鬆一些的是門薩國際（又稱沙龍學會），他們裡面有個相當知名的成員，就是電影《追殺比爾》的導演昆汀塔倫提諾。

系表弟。

他兩個月前才剛與主將有過一場哲學討論，主題是「全能的上帝是否能創造一個內角和不是一百八十度的三角形」，原以為主將會被這麼艱澀的題目給難倒，想不到他足足用了三小時以上的時間來描述他的論點……這也是初塵不想加入黑組的原因，主將奏星純能言善道的本事一等一，和他進行辯論或者和他一同打擊對手都毫無樂趣可言。

不過聽這對話，莫非加入辯論社不在文學系表弟的人生志向裡嗎？

基於他人的家務事還是少管為妙這個原則，初塵本來打算吃完飯糰和油條就去大學圖書館繞繞，想不到一個跨步，他就與主將奏星純相遇了，「衰運」這個詞恐怕就是拿來形容目前的處境。

初塵想故作鎮定說個「嗨，真巧，在這裡遇到你，啊你們慢慢聊我先走了」來離開如此尷尬的場合，沒料到奏星純先發制人了。

「你是初塵對吧，正好我有事找你。」

奏星純從口袋裡拿出了卡片，將之遞給初塵，「恭喜你成為辯論社的一員，這是社團辦公室的卡片鑰匙也請你妥善保管。」

比預料中的還快，但無所謂，哥已經打點好了，隨時都能去辯論社拓展我嶄新的人生。初塵表面風平浪靜、內心欣喜若狂地從奏星純手中接下卡片，同時，這位上知天文下知地理、無所不能的主將冷不防地投下了核彈。

「期待你在黑組的表現。」拍了拍初塵僵直的肩，奏星純颯爽地離開庭園。

黑、黑組？

不對啊，他明明在入組志願上寫的是白組，怎麼會是進入黑組？

初塵想追上前去問個明白時，那位乍看之下弱不禁風實際上是個黑暗美學系的文藝青年拉住了他的後領，輕輕鬆鬆就阻撓初塵的腳步。

「追上去也沒用，是他決定讓你進入黑組。」

一句話，讓初塵喪失了飯糰和油條給予的氣力，都是高熱量食物但即使現在嗑了八千卡路里都無法改變現實有多殘酷。

「你說什麼？」初塵心死無力地看著表弟。

大概是表哥的光芒籠罩大學各個角落，所有師生都在他閃閃發亮的羽翼下過活，表弟那張清秀漂亮的臉龐有著無以言喻的憂鬱。仔細看確實是個標緻的美少年沒錯，但那身哀愁的氣息卻讓文藝青年陰暗了起來。

「社團成員私底下都稱呼奏星純為辯論社的帝王，他說的就是命令，你只要負責接旨就可以了。」

表弟伸出左手，儘管言語尖酸刻薄，可意外地世故幹練，「歡迎你的加入，電機系才子。」

「唉，往後也請多多關照、多多指教。」換個方向想，這結果也算是拓展嶄新的人生，儘管過程完全不在掌握裡。

表弟沒有表露特別的情緒，簡略地和初塵打了照面後就前往文學系大樓。

初塵早就知道這對兄弟脾氣性子都很古怪，實際接觸過他深深覺得「怪」這字尚不足以描述兄弟倆，確切來說應該是「ＸＸＸ」，白話翻譯可以得到良心實在的四字箴言：妖魔鬼怪。

尤其在辯論大會上更能展現這四個字的真理——

表弟：「對手剛剛露出了非常崇拜的表情。」

表哥：「這點水準連對手都算不上，而且現在崇拜我也太晚了。真是了無生趣，就沒有像樣一點的挑戰嗎？」

表弟：「也許我們應該告訴主辦方，請他們準備難度高一點的題目，例如核能與核廢料、複製人技術發展、多元成家等等議題。」

表哥：「前兩項有討論空間，後面那一項對堅持己見的人來說沒有讓步的餘地，屆時就不是辯論，是跳針。」

表弟：「嗯，那麼民主制度與君權制度何種較利於人類社會，你覺得這個題目怎麼樣？」

表哥：「去年就出現過了。」

表弟：「有這種事？我怎麼沒有注意到？」

表哥：「因為對方忙著上網查資料花太多時間，最後索性棄權。我還是第一次看到有人在辯論時用手機上網臨陣磨槍，不學無術、見識狹隘、論調空洞也該有個限度。」

初塵：「既然辯論大會每次都這麼無聊，為何還要千里迢迢來英國虐菜？」

表哥：「虐菜這詞未免太新鮮。」

表弟：「你沒聽過？」

表哥：「沒聽過，這詞什麼意思？」

表弟：「高等玩家把新手或低等玩家虐得不成人形，就這意思。」

表哥：「挺博大精深的，問我為什麼不辭辛勞特地飛來英國見見辯論大會的素質有多墮落，只有一個原因。」

初塵：「願聞其詳。」

表哥：「那就是，爽。」

……人類社會就是因為有你這樣的人渣才無法世界和平。這就是初塵當時唯一的感想。

不得不說加入辯論社黑組以後，他的人生朝向一個高大上發展，高端大氣上檔次，看奏星純虐菜的身姿就是爽快，看對手懊惱挫折的表情就是愉悅，他最近越來越覺得加入黑組也是不錯的選擇。

只是有件事一直讓初塵很介意。

他與兄弟倆平常也會往來，奏星純是眾星拱月的話題人物，走在大學裡時不時就能聽到別人在談論辯論社的主將有多強大，文學系表弟儘管也很出色，但奏星純的光芒太耀眼，讓表弟相對黯淡了起來。

某日初塵和表弟在圖書館研究世界各地死刑的狀況時，他在討論告一段落後隨口問著：「你想加入觀星社嗎？」

表弟愣了愣，似乎在思考要怎麼回答這個問題時，初塵又補了一句：「千萬不能在辯論時露出這種表情，你會讓對手有機可趁。」

「我在辯論會以外的時間是個正常人，會困惑不解生氣是理所當然的事，而且故意露出破綻讓對手得意忘形也是個心理戰。」表弟沒好氣地回應。

「確實是，我認同你的觀點，在辯論會以外的時間就是普通人，那麼我們來聊天吧，談談彼此的人生如何？」

「我一定是吃飽撐著沒事幹才會跟你聊未來展望。」

「此時此刻確實符合吃飽、撐著、沒事幹這三個條件，中餐的義大利麵分量太多，我的胃到現在還隱隱作痛。至於沒事幹，你看我們還閒到來圖書館查資料，搞不好星純腦子裡的資訊都比圖書館還要多，咱們只是沒事找事做而已。」

聽到奏星純的名字，表弟不由得嘆了一口氣，「是啊，奏星純能力卓越到凡夫俗子追不上他的車尾燈。」

「天才不就是這樣嗎？想當年全世界有哪個人追得上愛因斯坦的思維？一個西元一九〇五年發表的時間重力理論至今還深深影響我們的生活，所謂的天才就是這麼一回事。」

「也許。」表弟把書本闔上若有所思地看著窗外。

這是一個寧靜悠閒的午後，青春洋溢的男男女女聊著生活瑣事，校內樂團在廣場吸引一些人觀看他們的表演，另一頭電機系學生將他們研究出來的飛行器展示給所有人看，但如果這個時候奏星純不巧在這些人眼前經過，所有才華成果絕對會在那瞬間相形失色。

所謂的天才就是這麼一回事。

「一百四十萬分之一。」表弟輕聲低喃著。

「我沒有聽清楚，你剛剛說什麼？」初塵問著。

「一百四十萬分之一，這是天才的機率，要在稀少的天才裡找到一個足以超越眾人的劃時代人物，僅有百分之二，也就是說即使是美國這麼遼闊的國家，三億兩千萬人口裡面，真正的天才只有四位。」

「全世界的天才加起來不到一百人。」初塵很快地計算出這個數據。

「是，你可以仰望達文西、你也可以崇拜海明威，但相信我，你不會希望達文西或海明威是你的親戚。」

初塵明白了。

眼前這位文藝青年正被世俗言論纏身，和自己年紀相差無幾的親戚是鋒芒畢露的天才，可能表弟從小到大都活在表哥的陰影下，會加入辯論社也許是長輩的安排，並不是出於他個人自由意志。

「加入辯論社不在你的人生計劃裡嗎？」初塵直接問了。

「不止辯論社，就讀這所大學也不在我的人生計劃裡。我的父母相當喜歡奏星純，當然啦，家族出了這麼才華洋溢的人，自然是所有人關注的焦點，我從國小開始就被耳提面命要跟著表哥的腳步走，他有什麼成績、考取什麼證照、錄取哪一所學校等等，我都要按部就班去完成……給予相當的教育環境與足夠的物質生活，才華知識學問都可以靠後天勤加學習，彌補先天不足，唯有天分是無法被凡人所超越，是諷刺卻又是個真理，多麼令人恍然若失，他讓所有人明白其實再怎麼努力也不可能實現。」

表弟語氣糾結地回答。

連喬爾喬瓦薩里[2]的名言都用上了啊。初塵暗自忖度。

他不知道該怎麼給出良好的提議，究竟文藝青年內心累積多少壓力不是他能恣意測量，可能對別人來說表弟不過是庸人自擾，但初塵認為一個人的內心敏感纖細的程度不是用「比較」就能自圓其說。

即使是他本身也有無法跨越的問題，為了脫離父權主義至上的父親，初塵選擇離鄉背井來遙遠的大學念書，雖然有一半是出於該校的辯論社太過知名的緣故，不過最大的原因是想逃離那樣的家庭。

國中時代有位老師知道他的情況，特地找個午休時間約初塵出來聊聊，並說了：「為何你要在意這點小事？如果覺得父親給你太大的心理負擔，你可以找機會跟他溝通看看，有不少學生也是藉由溝通修復家人的關係，你應該也要試試，他們都能做到你也可以。」

原本心情就夠煩悶，初塵聽到國中導師這麼說，頓時都萌生「旁觀者能夠說風涼話，最大的原因是他們既不是受害者也不是加害者，真是輕鬆啊」這麼偏激的想法。

可話說回來，並不能責怪國中導師太過雲淡風輕，也許老師的心理素質無比堅實、三觀正面積極，認為所謂悲劇命運都可以靠自己努力去改變扭轉，那可真是不錯，合格的人類。

結果那一天圖書館人生訪談無疾而終。

但意外有了其他的收穫。

不知是出於何種原因，表弟和他逐漸熱絡起來，想當初彼此的第一印象都好不到哪裡去。

文藝青年覺得初塵是個口嫌體正直的人，表面上對加入黑組這一事反感，可實際

注釋

2｜喬爾喬瓦薩里（Giorgio Vasari）：文藝復興時期義大利的畫家和建築師。本書裡表弟所提到的「他讓所有人明白其實再怎麼努力也不可能實現」是瓦薩里描述達文西的名言。

上是奏星純華麗後援會的一員，該後援會唯一宗旨就是將奏星純當作人生信仰。這個莫名其妙的印象在初塵成為辯論社一員後才改觀。

至於初塵，他成為黑組的核心人物以前，就對表弟有微妙的想法。

他看過文藝青年的表弟在藝文雜誌上發表的詩篇，佛洛伊德不得其門而入的哀愁，骯髒的自戀美學，無垢軀殼渴望體溫，不諳人世醜惡，少年少女殘敗的青春，蟲蟻相繼啃食枯花。

哭花。這是詩篇的名稱。

一名十二歲少女為了讓無所事事的男友有錢可花，自願去色情行業當雛妓，沒多久就染上性病。那名少女與表弟住在同一個社區，《哭花》是以少女的際遇為靈感所寫出來的作品，若要初塵說出自己的心得，僅能一句話解釋——拿別人的不幸當作自己最高的快樂，是怎樣扭曲的心態？

於是互看對方不順眼的兩人，在那次圖書館人生相談後有了一百八十度的轉變。

初塵覺得表弟是個對生活有許多無奈的文藝青年。

表弟認為初塵是個成熟穩重的可靠人士，謹言慎行不隨便說出自以為是的評論，這點讓表弟很欣賞。

❖ ❖ ❖

大學畢業後，初塵與奏星純合夥開了星塵偵探社。

創業初期表弟偶爾會來偵探社幫忙，那時奏星純幫助警方協力偵破腥紅月光殺人命案，起因是一顆古老的橙色月光石在拍賣會上現身，據說是印度神祇的眼淚所化成，在拍賣會上被富豪以一億五千萬美金買走，不出三個月富豪一家死於非命，橙色月光石下落不明。為了追查凶手的身分與犯案動機，奏星純與初塵被印度神祕組織追殺，所幸無事終了。

事件過後初塵決定去國外旅遊放鬆身心靈半年，偵探社就交給奏星純一人發落，旅遊途中初塵打了一通越洋電話給好搭檔奏星純報平安，兩人聊了一些當地人文風情後，奏星純順口問了一句：「真是奇妙，我已經很久沒看到表弟了，都不曉得他跑去哪裡，你跟他交情挺不錯的，知道他的下落嗎？」

「呃，知道……」初塵的語氣飄忽了起來。

「為何你有種作賊心虛的感覺？事有蹊蹺，他人究竟在哪裡？」奏星純皺了皺眉，覺得事情並不單純。

「我們一起去旅行。」

「你們？」

「對，我們兩個。」

奏星純深吸一口氣，他不是不解風情的人，現在想想，腥紅月光殺人命案期間他忙著調查印度神祕組織的來歷，沒有時間搭理初塵與表弟曖昧交會的眼神，他們兩個八成在命案發生以前就有來往了。

「什麼時候的事？」奏星純點了一根雪茄，可惜辦公室冰箱沒有酒，如果有的話應該倒上一杯來品嚐品嚐才對。

「大學時代就交往了。」初塵說出真相，「花了我九牛二虎之力，你表弟真是個難以追到手的人，不過這也是他可愛的地方。」

「夠了，我不想聽你描述追愛的過程和手段，我居然被你們蒙在鼓裡這麼久……」即使是天才，當下也只能扶額。

「拜託，是你從頭到尾都沒有把注意力放在我和表弟身上，這怪得了誰？」初塵決定不跟奏星純計較這方面的問題，話題一轉：「說到這個，我準備了小禮物要送給你，期待吧。」

「我相當懷疑這個禮物的實用性。」

「非常實用，你表弟誠心推薦。」

「完全不能信賴。」奏星純吐出一口菸，他看到電子收件匣裡有一封未讀郵件，是警方高層發送過來的感謝信函，第一句話就寫著：親愛的奏星純先生，對於您這次大力幫助我們協助調查腥紅月光殺人事件實在不勝感激，以下信件內容省略三千字。

估計是來商量能不能把委託費打個折扣？平常這種小事交給初塵解決就行了，如今他只能自力更生，心情頓時更加鬱悶。

「就別賣關子了，到底是什麼？」奏星純問著。

「護身符。」

「這麼有心？」印度神祕組織讓奏星純興起危機意識，他確實需要一個保平安的東西。

「幫助你感情順利，早日脫離單身王老五的行列。」初塵帶著壞意的笑回答。

「你們……」家財萬貫但身邊沒人的高富帥奏星純，忍不住咆哮了。

「都給我滾！滾得越遠越好，I Don't Want to See You Again！」

— END —

表弟：「不是吧？這樣就結束了嗎？作者妳至不至於啊，從頭到尾都沒出現我的名字。」

奏星純：「認份點，這就是配角的命。」

表弟：「配角也是有尊嚴的！」

奏星純：「你知道這是系列最後一集嗎？」

表弟：「什麼？最後一集！我竟然在最後一集的番外才正式登場，天哪，我究竟哪裡對不起作者妳啊，給個理由好嗎？」

作者：「沒什麼特別的理由，就只是擠不出人名。」
表弟：「我一定是上輩子毀滅了世界，這輩子才會投胎來這本書當配角……」
作者：「拍拍。」
表弟：「嗚嗚Q_Q。」

SPECIAL

卷末附錄

作者親筆注釋，完整內容解析

作者親自說明在本書中出現的各種古董與史籍典故，還有不為人知的創作祕辛，帶領讀者揭開「縷紅新草古董店」的神祕面紗，一窺書中的創作原形，精彩內容，不容錯過！

墨西哥錫納羅亞州的血聯盟

這個詞條應該可以讓我寫滿三千字，但編輯小章敏應該不會答應我幹這種蠢事，因此只能速戰速決了。這個組織主要從事販毒和洗錢活動，之前的領導人是身價上億的古茲曼（Joaquin Guzman），他在二〇一四年二月時鋃鐺入獄，雖然如此，血聯盟仍是墨西哥最龐大的犯罪集團。

義大利的克莫拉

在義大利的企業化犯罪組織，主要透過洗錢、販毒、禁藥、有毒廢棄物處理等產業經營幫派，與他們有掛鉤的地方很多，高級品牌服飾、好萊塢電影等都可能與克莫拉有關。這個組織所存在的坎帕尼亞地區和那不勒斯市是歐洲謀殺率最高的地方。

墨西哥的洛斯哲塔斯

一言以蔽之就是犯罪集團裡的特種部隊，主旨是「用暴力解決毒品生意上的一切事務」。

和一般的犯罪集團不同，裡面的成員大多接受過嚴苛的作戰訓練，在世界毒品貿易中扮演重要角色。二〇一二年的調查顯示，這個組織的分布區域與影響力已經超越血聯盟，他們還擴及到德州。

圖坦卡門的詛咒

這個死時只有十八歲的年輕法老因為陵墓太過豪華而舉世聞名。

第一批考古團隊在進入圖坦卡門的墓穴後一個一個染上怪病去當小天使了，相傳法老的棺木上刻著「誰擾亂了這位法老的安寧，死神之翼將在他頭上降臨」這行字，從此圖坦卡門的詛咒成為世界不可思議之謎。

後來經過證實，圖坦卡門的棺木上沒有那行死亡之翼什麼的，考古團隊裡有人染上怪病，可能跟墓穴裡的細菌有關。

法蘭西斯一世

會特別提到這位歷史人物，是因為他（以及他的人民）實在太妙了。

法蘭西斯一世是法國最著名的君主之一，開明政治，鼻子很大，因此又被稱為大鼻子法蘭西斯。

這位君主熱愛藝術，因此相當支持把世界各地偉大的作品還有藝術家搬來法國，包括米開蘭基羅、拉菲爾、提香的名作都一一送往法蘭西斯的行宮，喔對了，千萬不能錯過他與達文西之間惺惺相惜的感情，這位君主邀請達文西住進他準備的城堡，達文西為法蘭西斯設計了螺旋雙梯，西元一五一九年，文藝復興時期傑出的藝術家達文西在法蘭西斯的懷裡去世，嗯……

法蘭西斯一世的內政還成，軍事手腕非常普通，但是他勇於衝鋒陷陣的作戰風格使他贏得「騎士王」這個莫名其妙的美稱。儘管發展文化和提升法國的國際地位有顯著的成就，可國庫也因為他經常購買藝術品以及大興土木的緣故有點空虛。

法國人民在他還活著的時候會抱怨「國王在位超過二十年也太久了點」，好不容易法蘭西斯一世蒙主寵召後又深刻地懷念他，並一致覺得「國王就算有錯，也錯得很可愛」。

這個國家的人民到底是怎麼回事啊……

南村輟耕錄

元末明初的奇書，共三十卷，作者是史學家陶宗儀。

內容龐雜，裡面記載當時不可思議的人文風情，譬如卷十四「人蠟」裡就描述小人（指的是身形短小的人類）乾屍在市場上被人拿出來兜售，長度只有二十幾公分。

有些是作者的親身經歷，有些是摘抄前人史料加上考證，極具史料和學術價值。

生於妓院

二〇〇五年第七十七屆奧斯卡最佳紀錄片，為一名新聞記者實地拍攝印度加爾各答紅燈區的孩子們如何生活。

影片製作人為了讓這些生於妓院的孩子有不同的選擇和命運，教導他們如何攝影，並在各地舉辦作品展覽或者進行拍賣來募集一些金錢，使這些孩子能接受教育。

在影片得獎後，紀錄片裡的小孩有的前往美國求學，有的成為色情行業工作者，有的在當地念書。

中國風

出自法文 chinoiserie 一詞，指的是西方人認為的「中華元素藝術表現風格」。

對西方人來說，中國是一個擁有極致精湛工藝的國家，不論瓷器、絲綢、建築等所展現出來的美感都讓歐洲人為之傾倒。但中國進口品稀少，成本又高，於是西方各國紛紛研究中國瓷器、漆器的作法，在不斷的仿製過程中產生了「中國風」。現今這個風潮仍持續流行著，不得不提塞夫勒瓷器和代爾夫特藍陶。

塞夫勒瓷器（Manufacture nationale de Sèvres）之前是皇家御用，現在是國立陶瓷窯場。成立於西元一七三八年，由於有王室貴族支持，因此當時塞夫勒瓷器集結頂尖的藝術家、雕刻家等，最有名的是皇家深藍（又稱賽佛爾深藍）以及流金（又稱鎏金，一種傳統手工技術，在金屬表面貼金）。

代爾夫特藍陶是出產於荷蘭代爾夫特的陶器，顏色以青白花為主。代爾夫特是十七世紀荷蘭東印度公司（作為前往亞洲發展的特許公司）據點之一，在那個時候中國瓷器引進了荷蘭，並且發展成具有中國風情的工藝。

幸若舞

從室町時代開始流行，江戶時代（德川幕府統治時期）後逐漸衰弱，現在有幸若舞保存協會努力推廣，因此沒有完全埋沒在歷史洪流中。創始人是桃井直信（另一說是桃井直詮，總之姓氏是桃井這點沒有錯），由於幼名叫幸若丸，因此這個樂舞便命名為幸若舞。一般認為幸若舞是能劇與歌舞伎的原型，大多數的曲目都與武士家族的興盛衰敗有關。

桶狹間之戰

發生在日本戰國時代的戰役，簡單說明便是今川義元被織田信長領軍奇襲而陣亡，有名的武家今川氏開始沒落。附帶一提，這個家族的最後一人原本有個獨生子，但不幸早早就去世了，從此今川一脈絕後。

克蘇魯神話

以美國奇幻小說家洛夫克拉夫特的作品為基礎，所架構而出的龐大神話體系。這個神話的核心是上古時代曾經統治地球的舊日支配者（Great Old Ones），他們擁有恐怖古老的力量，對人類不感興趣，其中最著名的神是克蘇魯，祂沉睡在太平洋海底，當繁星來到正確的位置，沉睡中的克蘇魯便會醒來為世界帶來浩劫。

事實上洛夫克拉夫特只架構神話的一部分，其他是之後作家延伸創作，來自世界各地不同風格的作者們，在理解原著洛夫克拉夫特的概念下，不斷擴展克蘇魯神話的世界觀，使這個體系越趨龐大。

瑞普利卷軸

完全無法照字面去解釋的神祕學經典卷軸，作者是十五世紀著名的煉金術師喬治瑞普利，他遊走歐洲二十年之後，將自己想出的賢者之石製作方法寫在卷軸裡，至今無人看懂……

其中最有名的句子是「The bird of Hermes is my name, eating my wings to make me tame.」

照字面翻譯為「我是一隻叫赫爾墨斯的鳥，我吞食自己的翅膀並習慣被豢養」。

表面上跟煉金術毫無關係，Hermes指的是希臘商業神赫爾墨斯，這個神的聖物是蛇，他的手杖是兩條蛇纏繞一雙翅膀組成，在煉金術中代表兩個對立的元素，例如硫磺與水銀，這是西方煉金術時常使用的東西。

恐怕是卷軸有太多隱晦字眼，導致賢者之石到現在還沒有個譜，也許這就是三大哲學主義[1]的特色。

注釋——

1 三大哲學主義：指的是煉金術、占星術、降神術（類似中國的神明附身，招喚神祇等）。這三種哲學主義又被稱為赫爾墨斯主義，這個名詞是源自埃及流傳的翡翠石碑（Emerald Tablet），該石碑傳說是由赫爾墨斯這個神所製作，上面刻著神性精神層面十三條法則，目前這個石碑下落不明。

SPECIAL

作者後記

歡迎再次光臨縷紅新草古董店

終於來到《縷紅新草》系列的最後一集了。
這次劇情圍繞在太爺與鄰居兩人身上，
雖然鄰居到最後一刻才出現，
但他影響奏星純深遠，
比較可惜的是漢宣帝劉詢，
一直處於「免出場」的狀態，
希望往後有機會能描寫這個角色。

終於來到《縷紅新草》系列最後一集了，記得上一集交稿好像是半年前的事……對不起，我去旁邊跪算盤，拜託大家不要用鄙視的眼光看著我。

這次劇情圍繞在太爺與奏星純的兒時鄰居兩人身上，雖然鄰居到最後一刻才出現，但他影響奏星純深遠，比較可惜的是漢宣帝劉詢，一直處於「免出場」的狀態，希望往後有機會能描寫這個角色。

對我來說人物描寫是構成劇情相當重要的地方。

之前我總認為不能因為劇情需求而讓角色去做不符合他性格的事，在這當中也有人告訴我「不能被角色給牽制，作者想寫什麼就寫什麼」，也就是隨作者的心情喜好決定劇情方向。

事實上無法評論這是好事還是壞事，很難一言以蔽之，因為每個人創作的意圖和想法不同，所以在寫《縷紅新草》下集的時候，我按照自己的方式完成劇情，卻又覺得某個地方不對勁。

直到編輯小章敏看完稿子告訴我「這個啊，我覺得奏星純在第二章的表現實在微妙至極，我認為他隨便犧牲別人來達到自己的目的讓人無法苟同」。

簡略說一下第二章還未修改前的版本好了：奏星純在俱樂部那邊發現展冰雲的過去，又因為後鳥羽有這方面的嗜好，因此他和辛紅縷交易來換取展冰雲，最後把展冰雲帶去一蓮托生船來品店給後鳥羽調教。

整個過程不問展冰雲的意願，完全是以「完成警方的委託以及帶給後鳥羽最大的滿足」為中心，實實在在表現出奏星純的自尊心和傲慢。

他的確是個傲慢的人，不過道德底線應該沒有這麼低。

我在聽完小章敏的敘述後重新把第二章看了一遍，頓時覺得奏星純的所作所為違背這個角色的思維，他在下集的第一章可是相當有原則的人，如果太爺的嬰兒來源是從第三世界國家的婦女身上取得，那麼他會不計一切代價讓太爺人間蒸發。

有這種想法的奏星純沒道理在第二章突然變個樣，恣意地把展冰雲交給後鳥羽處理，一蓮托生的老闆恐怖到連他都不想打交道，奏星純都擺不平了，展冰雲怎麼可能擺得平？

最後我決定修改第二章的內容，並且好好思考劇情架構和人物設定。

人物的思維和性格是影響劇情的主要因素。

好比說歷史與人，歷史發展向來是由人類操控，而不是世界去操控，抱歉龐貝城除外，一場火山爆發把整個城給掰掰了，這是少數例子。我當初在設計劇情時忽略了這一點，導致人物性格走樣崩壞，嚴格來說這無法被稱為創作，只能算作者隨便亂寫的作品……可能連作品都稱不上。

希望往後不會再發生這種糟糕的錯誤。

嘛，嚴肅的事就先到此為止好了，來談談這次《縷紅新草》下集有趣的經過吧。

在寫席勒綠壁紙時翻了很多美術資料，其實藝術這一塊完全不是我的強項，之前看到雜誌上說歐洲維多利亞時代流行一種綠色壁紙，那種綠色顏料的主成分是砒霜，正中紅心勾起我的興趣。

於是開始調查顏料的發展史，這與美術作品密不可分，但我是個拉菲爾和米開朗基羅的畫作都分不清楚的人……不過已經決定要寫，如果半途而廢的話，就白白損失我與席勒綠的邂逅（？），硬著頭皮寫的下場就是半年以後才交稿，呃，當然中間還有許多不可抗力的因素，比如說遊戲發售之類的……

達文西是個全才，難怪許多作品會與他有關。

在寫作《縷紅新草》下集期間看了許多達文西的資料，曾異想天開打算來寫達文西未公開手稿的進化謎題，他在生前曾精細畫出人體骨骼和子宮胎兒的構造，如果在他的手稿裡找出人類最終進化的形體與方法也是很有可能的事。

不過這個念頭被古希臘數學題給捷足先登，達文西只能再緩緩。

雖然還留下一些謎團，不過《縷紅新草》系列就在此先告一段落了，感謝各位的支持，有任何心得感想歡迎到噗浪留言——

http://www.plurk.com/akusai

原惡哉

二〇一五年五月

晴空與POPO合辦「偶像經紀人主題徵文比賽」延伸作品！
特邀暢銷BL作家樊落共襄盛舉，從候選名單中挑出兩位主角，
寫出精采的戲中戲，不容錯過！

晴空
更多精彩書介與活動請上
「晴空萬里」部落格：http;//sky.ryefield.com.tw

隨書好禮三重送，買到賺到！

1.第一重：作者全新創作揭開上輩恩怨的感人番外
2.第二重：柳宮燐精心繪製「跨越千年深情龍鳳配」精美拉頁海報
3.第三重：隨書贈送角色留言書籤「蘇逸」或「秋嵐顏」乙張（2款隨機出貨）

晴空
更多精彩書介與活動請上
「晴空萬里」部落格：http://sky.ryefield.com.tw

隨書好禮四重送！

1.第一重：作者全新創作「長耳兔的告白」獨家番外
2.第二重：香港繪師LN繪製精美拉頁海報
3.第三重：作者加碼「阿呆老師系列：長耳兔的數學課」全彩漫畫小劇場
4.第四重：隨書贈送角色留言書籤「君如憶」或「皇甫暗兒」乙張（2款隨機）

晴空

更多精彩書介與活動請上
「晴空萬里」部落格：http;//sky.ryefield.com.tw

綺思館
晴空新書預報
戀愛吧！一切的不可理喻都好可愛
吾家有妻驕養成
古代少女從天而降！
不止降到陳鷹的面前，更從此降進他心裡。
這就是個把女主圈起來養肥肥，
然後再吃乾抹淨的萌故事！
「妳的拉鍊。」陳鷹齜牙，他指了指自己領口，「不用拉得這麼高，難看。」
米熙捂了捂運動外套的領口，看著他的眼神彷彿面前站了個變態。
瞧這態度！她的陳鷹叔叔是這種人嗎？
且看從天而降的米熙，如何穿越時空尋找命中註定的有緣人！
正能量暖心暢銷作者「汀風」又一愛情巨作！
晴空
更多精彩書介與活動請上
「晴空萬里」部落格：http;//sky.ryefield.com.tw

狂想館002

縷紅新草（下）暗夜的訪客

國家圖書館出版品預行編目資料

縷紅新草（下）/ 原惡哉著. -- 臺北市：晴空出版：
家庭傳媒城邦分公司發行,
2015.07
冊；　公分. --（狂想館002）
ISBN 978-986-91746-4-0（下冊：平裝）

857.7　　　　104009284

著作權所有・翻印必究
本書如有缺頁、破損、裝訂錯誤，請寄回更換
Printed in Taiwan.

城邦讀書花園
www.cite.com.tw

作　　者　原惡哉
封面繪圖　柳宮燐
文字校對　劉綺文
責任編輯　高章敏
行　　銷　陳麗雯　蘇莞婷
業　　務　李再星　陳玫潾　陳美燕　枅幸君
副總編輯　林秀梅
副總經理　陳瀅如
編輯總監　劉麗真
總 經 理　陳逸瑛
發 行 人　凃玉雲
出　　版　晴空
城邦文化事業股份有限公司
104台北市中山區民生東路二段141號5樓
電話：（886）2-2500-7696　傳真：（886）2-2500-1966
E-mail：bwps.service@cite.com.tw
發　　行　英屬蓋曼群島商家庭傳媒股份有限公司城邦分公司
104台北市中山區民生東路二段141號2樓
客服服務專線：(886)2-2500-7718；2500-7719
24小時傳真服務：(886)2-2500-1990；2500-1991
服務時間：週一至週五09:30-12:00；13:30-17:00
郵撥帳號：19863813　戶名：書虫股份有限公司
讀者服務信箱：service@readingclub.com.tw
晴空部落格　http://sky.ryefield.com.tw
香港發行所　城邦（香港）出版集團有限公司
香港灣仔駱克道193號東超商業中心1樓
電話：852-2508-6231　傳真：852-2578-9337
E-mail：hkcite@biznetvigator.com
馬新發行所　城邦（馬新）出版集團【Cite(M)Sdn. Bhd.(45832U)】
411, Jalan 30D/146, Desa Tasik,Sungai Besi, 57000 Kuala Lumpur, Malaysia.
電話：(603) 9057-8822　傳真：(603) 9057-6622
Email：cite@cite.com.my
美術設計　Alberta
內頁排版　洸譜創意設計股份有限公司
印　　刷　鴻霖印刷傳媒股份有限公司
初版一刷　2015年7月
定　　價　240元
I S B N　978-986-91746-4-0

晴空

晴空

晴空

晴空